ビギナーズ・クラシックス 中国の古典

李白

角川文庫
13542

はじめに

この書は、『鑑賞　中国の古典　李白』（一九八八年　角川書店）版を、よりひろく若い読者のみなさんにも、親しんで頂くものにしたいという書店の熱意をうけて、できるだけわかり易く、なじみやすい作品を選び、六十九篇に再編したものです。

本書の主人公は、文学史上有名な李白という名の詩人です。紀元八世紀のはじめから六十二年間を生きた人で、その人生は、わが奈良時代の遣唐使船が、危険を冒してはるばる長安を目指した時代に重なっています。当時の都・長安は、世界最大の国際都市で、他国との交流も盛んでした。そんな時代に生まれ合わせた詩人たちの代表である李白や十歳ほど年下の杜甫《とほ》が、どんな生き方をしていたかを、その作品を通してリアルに知るのも、なかなか興味深いものがあります。後世、詩仙（李白）・詩聖（杜甫）といわれて大変有名になった二人ですが、実は貴族や高位高官にのぼりつめた支配者層とまるで違い、普通の暮らしとささやかな日常のあれこれに一喜一憂する姿を、リアルに伝えてくれる詩人だからです。

李白は、蜀《しょく》（四川省）の草深い地で幼時を過ごした、いわば「田舎もの」の一人でした。そんな彼が、あの広い中国のなかでも、都を目指して旅立ちながら、なぜかまっすぐ長安には行かず、かなり広範な地域をあちこち旅して暮らしたのですから、当時としては大変特異な回り道をした詩人だったといえます。詩作の才に秀でているという名声をバックに、天下に貢献したいと願いましたが、時の最高権力者であった玄宗皇帝のもとで活躍する夢をかなえたのもつかの間で、結局は一年ほどでお払い箱になった不遇の人でした。

なぜ彼は、都での活躍を夢見たのか、そして、その夢はなぜかなわなかったのか、といったことを、彼の足跡と実際の作品から、それぞれに読みとっていただければ、不遇の詩人李白も、きっと喜ぶことでしょう。

二十一世紀の今、私たちの日常から、中国の古典がとても遠いものになっていることは、残念ながら否定できません。それはとても「もったいない、残念なことだ」と私は常々思っています。私たちの先祖が熱心に学び親しんできた中国古典は、日本文化にとって、長らく学ばれてきた貴重な財産であり、私たちの明日を豊かにしてくれる多彩な智恵《ちえ》と経験に満ちたものだからです。それらの価値を自分自身で発見し、古典により熱く親しむ人たちが増えるのに、本書が多少ともお役に立てるならば、どんなに嬉《うれ》しいことでしょう。

二〇〇四年九月二十六日

覧　久　美　子

目次

◈宮廷勤め・長安にて

◈再起を求めて漫遊する

解説

李白の文学・その人生と時代

一　李白詩の人気

詩人・李白は、後世の人たちにとって、楽しい酒や、美しい女性への賛歌、あるいはまた、世の中への不平不満を歌ってくれる代弁者として、「親しい仲間」のように受けとめられているところがあります。今でも酒楼に、「太白遺風」「太白酒家」などの扁《へん》額《がく》が掲げられているのをよく目にしますが、それは彼が庶民の仲間だと考えられてきたことを示しているでしょう。詩聖・杜甫《とほ》には、そんな親近感を示す扁額などがないのも、両者の違いをよく示してします。

二　伝説の個人データ

不思議なことに、李白がどんな家庭の生まれで、どんな環境で育ったのか、ということは明らかではなく、彼に関する伝承の数々は、どこまでも不透明なことが多いのです。
①生まれたのが中央アジア・バルハシ湖の南の砕葉《スイアブ》という遠い西域の地であった。だから純粋な漢民族ではなく、異民族の血が混じっている。
②少年のころから文武にすぐれ、困っている人のためには、大金を使いはたすことも辞さない男伊達《おとこだて》だった。

というように、普通とは違ったレベルで語られることが多いのです。また、
③李白は、もともと、唐王朝李《り》氏の一族に連なる出身であった。唐王朝が天下を取った初期、李氏一族のなかの「十王の乱」によって、国外に逃亡せざるを得なかった王族の末裔《まつえい》の一人だった。彼の父が、李客という名であるのも奇妙で、素性を隠さざるを得ない立場を示している。

という説もあります。客とは、よそから来た仮住まいの者を意味するからです。しか

もかなりの資産を持った父であったらしく、息子李白の教育と諸国漫遊のために十分な資金を与えたと推測されています。李白の一族が商人階級に属するとみなされ、宮廷での公職につくには身分差別の対象にされた可能性があるというのも、そうした父親の存在がかかわっているのでしょう。とにかく、普通の知識人とは、かなり違っているのです。

古来、文字の国・中国には、公的に重要な歴史事実や政治的事件などを、必ず記録に残すという、長い伝統があります。だから一知識人の場合でも、一家や個人の記録を残

「李太白吟行図」宋《そう》・梁楷《りょうかい》筆
（東京国立博物館蔵）

すのに熱心なことが多いのですが、李白はそうした伝統的な記録の習慣とは、無関係の一生を過ごした人のようで、歴史のどの年代に、いつ、どこに居て、何をしたかといった記事・記年をほとんど残していないのです。後世の研究者が困惑するのも、決め手となるものがほとんどないからで、本書に配列した作品の制作時期や場所も、本人の記述ではなく、後の研究者の推定によったものが多いのです。

三　開元・天宝の華やかな時代に出会って

誰にとっても、①生まれた時代と民族や国家、②親や家族、③住む土地など、最初の「環境」を、自分で選んだり決定したりは出来ませんから、まずその枠に沿って、人生をはじめなくてはなりません。ところが李白の幼少時代のことや父母兄弟を含めた家族関係も、じつは茫漠《ぼうばく》としているのです。本書の最初に取り上げた詩でも、若くして道教の世界にあこがれていた姿が見えますが、それ以上のことはほとんどわからないのです。

けれども李白は、唐王朝の最高の繁栄と平和の時代に出会い、詩文の才能で天下に貢献したいと、世に出る道を求め続けた人であるのは確かなことです。ところが、詩人としての才能を生かして、宮廷で活躍するという夢は、彼独特の個性が宮廷社会にはついに受け容《い》れられず、当時の都長安で彼が思うような安定した地位を持つことは、ついに叶《かな》いませんでした。むしろ貴族社会である宮廷への参入を徹底的に拒否されたといってよいでしょう。晩年には安禄山《あんろくざん》の乱により、国家は一挙に権威を失って、崩壊の危機にさらされたのです。

その危機の際に、新皇帝の弟・永王李璘《りりん》が、李白の存在を思い出し、揚子江の水軍部隊に召し出したのです。勇躍参軍したところ、それは兄の皇帝に従わない反乱軍とみなされて、何も知らない李白は逮捕されてしまうのでした。どこまでもついていなかったことになります。

平和と繁栄の雰囲気に酔いしれていた唐王朝は、ながらく太平の世を信じていた民もろとも、崩壊寸前にいたりました。李白もまた、その後は歴史の大舞台で活躍する夢をついに果たすことなく、やがて親戚《しんせき》の李陽冰《りようひよう》の宅で、病気のためになくなりました。その病床に家族の誰が付き添っていたかは判りませんが、自分の生涯に作った詩などを彼は李陽冰に託したと伝えられています。

四　人々に愛される李白詩

李白の詩には、民衆に理解されやすい平明なものと、何を言おうとしているのか、判りづらいというものとがあります。なによりも、彼は杜甫と違って自分の著作を整理記録して残すといったことを、ほとんどしなかった人でした。生涯におよそ一千首ちかい詩を作ったとされますが、古来その真偽が論争のタネになるくらいで、全集に入っていても偽作だと疑われるものがいくつかあります。

その理由として、ひとつには印刷術とか著作権といった技術や制度が確立していない時代だったことがあります。それでも詩作品の伝わり方には、現今の伝言板のように、宿場の壁に書き付けて、人々に披露するというやり方があったのです。誰かが自作を書き付ける、それを見た人が、写し取ってよその町の壁に書き、だれそれのいい詩だと伝える、こうして皆が共感した詩文があちこちに伝えられていくうちに、作者名が脱落したり、他人の名前になったりして後世に伝えられるということもあったのでしょう。李白は他の詩人にくらべて、誤伝された可能性のたかい詩人だったといえるかもしれません。

彼の作った民謡ふうの多くの作品（楽府歌行体《がふかこうたい》という）は、唐代以前のさまざまな詩文学の栄養を取り込み、新しい創造を加えたもので、それらは「判りやすく、歌いやすく、覚えやすい」という特徴を持っています。つまり、私たちの社会でいえば、「みんなの愛唱する歌謡曲」の地位を占めていたといえるでしょう。本書にはそうした作品を多く取り上げました。

古来、中国では、詩を朗誦《ろうしょう》するという習慣を、家庭教育の大切な基本としてきましたが、今も、そうした音読の習慣を二、三歳の幼児期から身につけさせている家庭が多いと聞きます。それは、詩につづられた音声が伝える美しさと、その意味するところが相応してこそ、聞くものが共感し、感動するという、基礎的な感性の訓練になっているのです。したがって、名所旧跡には必ずといってよいほど、その地にふさわしい有名な詩文を記した石碑が建っていて、誰かが音読するのを人々が耳を澄ませて聞いたり唱和したりしている光景をよくみかけます。統計を取ったわけではありませんが、そうした朗誦に耐える詩を、李白はたくさん残してくれました。本書で取り上げた詩の中から、覚えやすくて耳に心地よく、好きだと思える作品を選んで、暗誦して見るのも面白い経験になります。リズムと音の高低、それに表現しようとする内容とが、どのようなハーモニーを奏でるか、若いときに覚えたものは一生記憶に残るといいますから、今からチャレンジする価値は十分あります。日本語でもいいですが、中国音の抑揚を体得するのも、いっそう楽しいことです。

五　李白の一生

南北漫遊（北から南まで好きなように歩き回り）、
求仙訪道（仙人や道士を尋ねて道教の奥義《おうぎ》を求め）、
登山臨水（山に登り水辺に遊び）、
飲酒賦詩（酒を飲み詩を作る）。

李白を称したこの四字四句は、なるほど、彼の一生の特色を、実にうまくまとめたものだと感心させられます。
彼の生きた時代に、広大な大陸の内部を南北あちこち旅して歩いた詩人は、そんなにいないからです。官僚としての移動ならともかく、彼は無位無冠の漫遊だったのですから、それがどうして叶えられたのか、についても残念ながら十分な解明はなされていないのですが、これからはそうした研究も進められていくでしょう。

それに、仙人になりたいという夢を終生持ち続けたのも、確かでしたし、山に登り川に遊ぶというのも、本当でした。そして、酒を愛し、詩を作るといった詩人としての暮らしを、いつも忘れることなく楽しみつつ、六十二歳の一生を終えたのでした。

しかしまた、家庭人としての夫、子どもらの親としての責任などに関しては、彼にはどんな理想があったのか、どれも残念ながら、ごく少ししかわかりません。彼は巣作りの下手な男だったらしく、娘と息子がいたことは確かですが、その子らにとって、どのような父親であったのかも判らないのです。

結局、長安での暮らしを一年ほど過ごしただけに終わり、人生のほとんどを自由気ままに諸国をめぐっては、好きな詩を書いていたということになるわけです。それにしても、生まれた土地とされる中央アジアをはじめとして、中国大陸のあちこちを見聞した旅人だったのですから、李白は天界から地上に流されてきた仙人だといわれるのも、当たっているかもしれません。

◆故郷・蜀時代の作

訪二戴天山
道士一不レ遇
犬吠水声中
桃花帯レ露濃
樹深時見レ鹿
渓午不レ聞レ鐘
野竹分二青靄一
飛泉挂二碧峰一

戴天山《たいてんざん》の道士《どうし》を
訪《おとな》うに　遇《あ》わず
犬《いぬ》は吠《ほ》ゆ　水声《すいせい》の中《うち》
桃花《とうか》　露《つゆ》を帯《お》びて濃《こま》やかなり
樹《き》深《ふか》くして　時《とき》に鹿《しか》を見《み》るも
渓《たに》の午《ひる》は　鐘《かね》を聞《き》かず
野竹《やちく》　青靄《せいあい》を分《わ》け
飛泉《ひせん》　碧峰《へきほう》に挂《か》く

無ニ人知レ所レ去　人《ひと》の去《ゆ》きし所《ところ》を知《し》る無《な》く
愁倚両三松　愁《うれ》えて倚《よ》る　両三《りょうさん》の松《まつ》
○五《ご》言律詩《ごんりつし》。「中《ちゅう》、濃《のう》、鐘《しょう》、峰《ほう》、松《しょう》」は、上平《じょうひょう》一東《とう》二冬《とう》の韻。

犬の鳴き声が　滝しぶきに交じってひびき、
桃の花は　しっとり露に濡《ぬ》れている。
深山の森のなか　たまに鹿を見かけるだけで、
お昼を告げる鐘の音は　聞こえない。
群生する竹やぶが　もやを区切り、
流れて落ちる滝が、みどりの峰にふりかかる。
尋ねてきたのに　どこに行かれたのやら　誰も知らず、
がっかりして　ただ　松の木にもたれるばかり。

❖❖❖❖

▽道教にあこがれて

四川《しせん》省は道教発生の地だといわれます。中国全土のなかでも高い山が多く連なっていて、神仙思想と老子・荘子の道家思想をとりいれた信仰の盛んな土地柄として古くから有名でした。李白は「仙人のように、霞《かすみ》を食べて生きたい」（春日独酌）と歌うくらい、山での道教修行にあこがれた人でした。彼の作品で現存する最初のものだとされているこの詩も、「道士に会いたくてやって来たのに、不在でがっかりした」といった気持ちを歌っています。「最後の一行に少年李白の姿がありありと見えるように思えて好きである」と、田中克巳『李太白』（民族教養新書　一九五四年）がいうように、彼は終生「仙人のように、霞を食べて生きたい」という思いを持ち続けた詩人でした。

李白が育ったところは、今の四川省江油県、当時は青蓮郷《せいれんきょう》といいましたが、どんな家庭の暮らしだったのかは、ほとんどわからないのです。伝説やエピソードなどを借りながら、彼の時代とその人間像と文学を探ってみることから始めましょう。

◆道教豆知識

紀元二世紀ころ、四川省の鶴鳴山で張道陵《ちょうどうりょう》がひらいたという宗教の一つで、山岳信仰と結びつき、道士は山中で修行するのが普通でした。不老不死や、仙人羽化説への信仰ともつながる中国特有の民間宗教となりました。「何事も自然のままに（無為自然）」「自給自足の小国を理想とする（小国寡民）」を説いた思想家「老子」を教祖に仰いで、多くの信者を集めたといいます。老子は紀元前の人だとされますが、実在したかどうかは不明だとされています。

権力の保護――道教の流行が、李白の生きていた唐代に強まったのは、唐王朝の国家的保護を受けたことが大きいといえます。一つは、老子の本名が李耳《りじ》といい、李氏唐朝と同姓であるからです。それよりも直接の理由は、唐王朝の始祖が隋《ずい》と天下を争っていたとき、白鹿に乗った仙人が現れ、唐側の勝利を予言したという話が、まことしやかに語られたからです。先の隋王朝が仏教を過度に保護したのに対する、道教側の巧妙な反撃ともいえ、新権力への加担を表明する便法でもありました。そのおかげで、唐代では、道教は国教的な扱いを受けるようになりました。

道教ブーム――それでも、三代目の高宗の后・則天武后《そくてんぶこう》は、夫・高宗の死後、武周革命（古代聖天子の率いた周王朝再現）を意図して、武氏による政治を志しました。仏教を特に保護したのは、李氏・唐政権への明らかな批判を意図したものだともいわれます。しかし六代目・玄宗皇帝の時代になると、宮廷での道教熱がいっそう高まったこともあって、知識人たちの間で道教信徒風な生き方がひろく流行しました。権力が何か（宗教・趣味など）を保護すると、下々は争ってそのメンバー（信者・会員）になるというのは、いつの世でもよくあることです。

峨眉山月歌

峨眉山月半輪秋
影入㆓平羌江水㆒流
夜発㆓清渓㆒向㆓三峡㆒
思㆑君不㆑見下㆓渝州㆒

峨眉山月《がびさんげつ》の歌《うた》

峨眉山月《がびさんげつ》　半輪《はんりん》の秋《あき》
影《かげ》は　平羌江《へいきょうこう》の水《みず》に入《い》りて流《なが》る
夜《よる》　清渓《せいけい》を発《はっ》して　三峡《さんきょう》に向《む》かう
君《きみ》を思《おも》えど見《み》えず　渝州《ゆしゅう》に下《くだ》る

○七言絶句《しちごんぜっく》。「秋《しゅう》、流《りゅう》、州《しゅう》」は、下平《かひょう》十一尤《ゆう》の韻。

峨眉山《がびさん》にかかる秋の月は半輪、
その光は　平光江《へいきょうこう》の水に映ってながれる。
夜の旅立ち　清渓駅を船出して　三峡に向かう、
君を思えど　君は見えず　舟はひたすら渝州《ゆしゅう》に下りゆく。

❖❖❖❖

▼峨眉山月歌　李白は、詩を書いた日時や背景などを、ほとんど記さない詩人でした。この有名な詩についても多くの人が、いろいろな解釈を述べていますが、ここでは、彼が二十四、五歳のころに、住み慣れた故郷を離れ、世に出るために諸国漫遊の旅に出たものとして読むことにします。

峨眉山は、李白が愛した故郷の名勝の一つでした。道教信仰と修行の山で、平光江はその峨眉山の東を流れる川（現在の青衣江）です。ふるさとの別れを、馴染《なじ》んだ山や川の名、船出の宿場と

峨眉山図　『古今図書集成』より

行き先の町の名を織りこみながら、若者らしい緊張感で歌った詩です。最後の「君」が何をさすのかは、読者の自由に任されていると思っていいでしょう。

◆若き日の旅立ち——諸国漫遊へ

幼いころから親しみ馴染んだ峨眉山や平光江。そのふるさとを離れて、遠く諸国漫遊の旅に出た李白は、希望に胸を膨らませている二十四、五歳の青年でした。才能のあるものは出世の糸口を求めて、都・長安を目指すのが普通だった時代です。前途への期待と不安に満ちた門出だったことでしょう。

青雲の志——当時は、才能をもつものが出世を求めるとすれば、国家試験の「科挙」を受け、合格して官職に就くというのが、考えられる当然の道筋でした。ところが、李白には科挙を受験した形跡がないのです。あれほど詩文の才能を自負していた李白が、それを受けなかったのは、きびしい身分差別の規定があったからだと思われます。

身分差別——人材登用をうたった玄宗皇帝の時代でしたが、それ以前からの家柄や門閥を重んじる遺風は根強く、封建的な身分制度に基づく官吏任用規定が敷かれていました。

「官人たるものは、自身はもちろん、同居している近親のなかに工・商に従事するものや、家業としてそれを行うものがあれば、宮仕えすることが出来ない。身体不自由のものや酒ぐせの悪いものは、天子の側近く仕えることはできない」（『大唐六典』巻二吏部）

「工・商の家のものは官吏になることはできない」（同上・巻三戸部）

とあったのです。

李白には、父親も含めて、近い親族に商業従事者がいたことは確かだったようです。こうした規定がある以上、受験による出仕ははじめから期待されていなかったことになるでしょう。彼には、正規のルートでの資格がなかったのです。

一筋の可能な道――でも、もう一つ、希望のもてる道がありました。「優れた人材をすべて残りなく活用する」とうたった「人材推薦制度」です。各地の有力者、地方長官などの推薦を受ければ、皇帝からふさわしい待遇が与えられるという可能性への期待でした。当時の中心的な価値基準は、もちろん詩文の才能に置かれていたのです。李白にはその自信がありました。

諸国漫遊の目的――才能を認めてもらうためには、できるだけ多くの有名人に近づき、確かな推薦をもらっておく必要がありました。李白の旅立ちは、そのためのの、やむを得ないものだったのです。

◈青雲の志を抱いて出仕するまで

秋下二荊門一

霜落二荊門一江樹空
布帆無レ恙挂二秋風一
此行不レ為二鱸魚膾一
自愛二名山一入二剡中一

秋《あき》 荊門《けいもん》を下《くだ》る

霜《しも》 荊門《けいもん》に落《お》ちて 江樹《こうじゅ》 空《むな》し
布帆《ふはん》 恙無《つつがな》く 秋風《しゅうふう》に挂《か》かる
此《こ》の行《こう》 鱸魚《ろぎょ》の膾《かい》の為《ため》ならず
自《みずか》ら名山《めいざん》を愛《あい》して 剡中《せんちゅう》に入る

○七言絶句《しちごんぜっく》。「空《くう》、風《ふう》、中《ちゅう》」は、上平《じょうひょう》一東《とう》の韻。

荊門山に霜がおりて、川辺の木々はすっかり葉を落としたが、わが旅の船はつつがなく、秋風をいっぱい帆にはらんだ。

このたびのわたしの旅は　あの鱸魚《ろぎょ》の膾《かい》（スズキの刺身）のためなどではない、
ただ名山を愛するがゆえに　あの美しい剡中《せんちゅう》に行くのだ。

❖❖❖❖

▼荊門を下る　旅の目的地は、まだまだ先の剡中なのですが、この詩は、「渡荊門送別」（荊門を渡り送別す）の詩と同じときのものです。その詩には、「船ではるばる荊門のはずれまでやってきた。これからは楚《そ》の国の一帯を回ってみるつもりだ。はるか遠くには山がかすかに見え、長江の水はとうとうと、かなたの大海に流れていく。川面に月が落ちて、まるで天から鏡が飛んできたかのようだ。雲がわき起こると、空には不思議な蜃気楼《しんきろう》が浮かぶ。あの故郷の水が、はるばる万里のかなたから、わたしの船を運んできてくれたのだと思うと、なにかとても懐かしい」とあります。ここまで、自分を無事に運んでくれた船と流れる川の水とに、素直な感謝の気持ちを歌った詩人の胸は、未来への期待にふくらんでいたことでしょう。

故郷を離れてやっと着いたところは、その名も有名な荊門山です。湖北省を流れる長江の南岸にあって、北側の虎牙山《こがざん》と対峙《たいじ》しており、それで川幅が狭くなっているために急流で知られる軍事的要衝の地でした。やっとここまでたどり着いたという感慨はひとしおだったことでしょう。

▼隠逸の士を訪ねる　さあこれからは、「会わねばならぬ人を訪ねる旅だぞ」との気合をこめて、「剡中の名山」を想う青年・李白。では、その剡中とは、どういうところなのでしょうか？

漢・晋以来、そこは浮世のさまざまな災禍を避けて、隠逸の士が多く集まったところとして知られていました。今の浙江《せっこう》省嵊《しょう》県と新昌県の一帯で、温暖な気候と平穏で美しい山水に恵まれたところです。そこでの隠逸とは、風流、自由、文雅のくらしを望むだけで、権力に無縁の人生を送ることを意味しました。ところが、権力から一目も二目も置かれているような有名な人物が隠れ住んでいるとなると、世間の信頼も高いだけに、さまざまな意図をもった権力が接近してくるという、皮肉な現象も少なくありませんでした。そういう意味では、権力側にも尊敬されている有力な隠者と出会い、能力を認められて中央に推薦してもらえれば、たとえ出身家庭が規定では駄目であっても、出仕の可能性はあるのです。おそらくそうした目的と手段に賭《か》けた李白と、それを後押しした一家があったのでしょう。

▼「鱸《ろ》魚《ぎょ》の膾《かい》」　昔、故郷・江南の味が恋しいということを口実にして、政情不安の

都・洛陽《らくよう》から、辞職して帰郷を果たした人物・張翰《ちょうかん》（西晋の人）の話をふまえた言葉です。李白が「わたしはそんな次元の低いことのために、遠いあの剡中に行くのではない」というのは、そこには都に知られた有名な隠棲者《いんせいしゃ》がいる、と言っていることになります。

長干行　二首　長干《ちょうかん》の行《うた》　二首（うち一首）

幼馴染《おさななじみ》の男と結婚した若妻が、遠く出稼ぎにいった夫の身を案じる一人語りの夫恋《つまご》い抒情詩。「長干行」の「行」は、「うた」という意味で、「楽府《がふ》」とよばれる民謡の一つ。「長干」は、庶民が住んでいた港町です。長編なので、分けて読んでみることにしましょう。

妾髪初覆レ額　　妾《しょう》が髪《かみ》の　初《はじ》めて額《ひたい》を覆《おお》いしとき
折レ花門前劇　　花《はな》を折《お》りて　門前《もんぜん》に劇《たわ》むる

郎騎㆓竹馬㆒来　　郎《ろう》は竹馬《ちくば》に騎《また》がり来《き》たりて
繞㆑床弄㆓青梅㆒　　床《しょう》を繞《めぐ》りて　青梅《せいばい》を弄《ろう》す
同居㆓長干里㆒　　同《おな》じく長干《ちょうかん》の里《さと》に居《す》まいて
両小無㆓嫌猜㆒　　両《ふた》りとも小《おさな》くして　嫌猜《けんさい》無《な》し

○楽府《がふ》。「額《がく》、劇《げき》」は、入声《にっしょう》十一陌《はく》の韻。「来《らい》、梅《ばい》、猜《さい》」は、上平《じょうひょう》十灰《かい》の韻。

わたしの前髪がやっとひたいをおおったころ、
花摘み遊びのままごとに、
あなたは竹馬にまたがって、
筒井戸をぐるぐるまわりながら　わたしにちょくちょくかまってみせた。
どちらも長干の村里そだち、
幼いわらしのあなたとわたし、　ほんに仲良し友達だった。

❖❖❖❖

▽青梅と竹馬　異性への恋心を示すのに使われる青梅は、意中の相手に投げて自分の

気持ちを伝えるものとして、中国のもっとも古い詩集『詩経《しきょう》』に、すでに出てきます。竹馬は幼い男児の遊び道具で、日本の竹馬とはちがい、青竹一本を馬に見たてたものです。それにまたがって、気にいった女の子に勢いよく近づくことのできる道具でもありました。「繞床」も、幼馴染がやがて夫婦となることをみちびく表現で、日本の能楽でも知られる「筒井筒」と似た表現です。暮らしにもっとも大切な井戸は、円筒状にまっすぐ地面を掘り下げたもので、その筒穴を囲んで上に枠とする井桁《いげた》が組んでありました。井戸端は村の女や子どもたちが、いつも顔をあわせる場で、子どもたちが竹馬でかけまわるのも、ままごとに興ずるのも、井戸端でした。

ところで、中国では井戸の井桁を「床」または「牀《しょう》」というのです。李白の有名な望郷の詩「静夜思」に「牀前《しょうぜん》　月光を看《み》る」の句があり、それを「ベッドのそばまでさす月明かり」と間違って訳したことがありますが、この場合の「牀」もやはり井戸端をさすでしょう。

故郷を離れて旅路にある人にとって、「牀」は懐かしい故郷の代名詞でもあったのです。孤独な旅の途中で明月を見上げた李白は、故郷の人々を懐かしく思い出したことでしょう。「井戸を背に故郷を離る（背井離郷）」というのは、望郷表現でもあるのです。

十四為ニ君婦一　十四《じゅうし》　君《きみ》が婦《つま》と為《な》り
羞顔未ニ嘗開一　羞顔《しゅうがん》　未《いま》だ嘗《か》つて開《ひら》かず
低レ頭向ニ暗壁一　頭《こうべ》を低《た》れて　暗壁《あんぺき》に向《む》かい
千喚不ニ一回一　千《せん》たび喚《よ》べど　一《ひと》たびも回《ふりむ》かず
十五始展レ眉　十五《じゅうご》　始《はじ》めて眉《まゆ》を展《の》べ
願同ニ塵与灰一　願《ねが》わくは　塵《ちり》と灰《はい》とを同《おな》じくせんと
常存抱柱信　常《つね》に存《そん》す　抱柱《ほうちゅう》の信《しん》
豈上ニ望夫台一　豈《あ》に望夫台《ぼうふだい》に上《のぼ》らんやと

○「開《かい》、回《かい》、灰《かい》、台《だい》」は、上平《じょうひょう》十灰《かい》の韻。

十四であなたにお嫁入り、
花もはじらう幼な妻　どちらを向けばよいのやら。
壁に向かってうつむいて、
幾たび声をかけられても　一度も顔をあげられず、

十五になって　ようやく慣れて　甘い暮らしの若妻らしく、
あなたとならばどこまでも　死んでも離れはすまいもの　灰になってもいつまでもと。
裏切りなどはないものと　いつも信じてきたのです、
わたしを捨てて遠くへは決して行かずにいる君なのだと。

❖❖❖❖

▼抱柱《ほうちゅう》の信《しん》と望夫台《ぼうふだい》　「昔、尾生《びせい》という男が、ある女と橋の下でデートの約束をした。女を待つうちに大水が押し寄せてきた。尾生は約束を守って橋の柱に抱きついたまま溺《おぼ》れ死んだ」（『荘子』に見える話）。大水の中で、じっと相手を待った尾生は、忠実に約束を守ったがために命を落としたから、「臨機応変の智恵がなかった」のか、「それほど純情で約束を守ったのは感心な男」なのか、評価が分かれるところです。「遠くへ行った夫が帰ってこないのを、毎日じっと帰りを待ち続けた妻は、とうとう石になった」というこの種の話は、古今東西、世界の各地に残されています。ことに、残された妻の悲しみを伝える伝説遺跡も数多く、なぜか純愛悲劇の例として語られるものは、男の純情説話と比べてはるかに多いのです。

十六君遠行　　十六《じゅうろく》君《きみ》　遠行《えんこう》す
瞿塘灔澦堆　　瞿塘《くとう》　灔澦《えんよ》堆《たい》
五月不レ可レ触　　五月《ごがつ》　触《ふ》るべからず
猿声天上哀　　猿声《えんせい》　天上《てんじょう》に哀《かな》し
門前遅行迹　　門前《もんぜん》　遅行《ちこう》の迹《あと》
一一生ニ緑苔一　　一一《いちいち》　緑苔《りょくたい》を　生《しょう》ず

○「堆《たい》、哀《あい》、苔《たい》」は、上平十灰の韻。

ところがわたしの十六のとし、あなたは遠く旅に出た、
それも恐ろし　あの瞿塘《くとう》峡の灔澦《えんよ》堆《たい》だと。
五月のころの三峡は　水かさ増して危険です、
猿も空で声高く　悲しげに鳴くという。
わが家の前には　思いを残して出ていった　あなたの足あとがそのままで、
はや苔《こけ》さえも生《む》しました。

瞿塘峡

▼瞿塘《くとう》　長江《ちょうこう》三峡の一つ。絶壁が両岸からせまり、風光明媚《めいび》な景観で旅人を魅了するのですが、川幅が狭く、流れが急で危険なところでした。そこにあった大きな暗礁《あんしょう》が、灔澦《えんよ》堆《たい》で、季節的な水かさの差で見え隠れする危険な大岩でした。特に水量が増す五月には、多くの人命が失われたという有名な難所です。一九五八年になって、この暗礁は爆破されました。

▼猿声哀　三峡にまつわる民謡に、「巴東《はとう》の三峡　巫峡《ふきょう》長く、猿の鳴くこと三声すれば涙は裳《もすそ》をぬらす」とあるように、危険な三峡では悲しい事故がよくあって、猿の鳴き声はひときわ聞くものの胸を締めつける

のでした。

苔深不レ能レ掃　苔深《こけふか》くして　掃《はら》う能《あた》わず
落葉秋風早　落葉《らくよう》　秋風《しゅうふう》　早《はや》し
八月蝴蝶来　八月《はちがつ》　蝴蝶《こちょう》　来《き》たり
双飛西園草　双《なら》び飛《と》ぶ　西園《せいえん》の草《くさ》に
感レ此傷ニ妾心一　此《これ》に感《かん》じて　妾《しょう》が心《こころ》を傷《いた》ましめ
坐レ愁紅顔老　愁《うれ》いに坐《よ》りて　紅顔《こうがん》　老《お》いたり
○「掃《そう》、早《そう》、草《そう》、老《ろう》」は、上声《じょうしょう》十九晧《こう》の韻。

苔が深く生したとて　掃除などする気になれぬ、
落ち葉が風に舞い散って　今年の秋の訪れは　ことさら早く忍び寄る。
秋も八月　ちょうちょうは、

西の畑の草むらを　ひらひら　つがいで飛んでいる。
それを見るにつけ　わたしの胸は　傷み悲しみいやまさり、
花のかんばせもどっとやつれてしまったの。

早晩下㆓三巴㆒
預将㆑書報㆑家
相迎不㆑道㆑遠
直至長風沙

早晩《そうばん》　三巴《さんぱ》を下《くだ》らば
預《あらかじ》め書《しょ》をもって家《いえ》に報《ほう》ぜよ
相迎《あいむか》えて　遠《とお》きを道《い》わず
直《ただ》ちに至《いた》らん　長風沙《ちょうふうさ》に

○「巴《は》、家《か》、沙《さ》」は、下平《かひょう》六麻《ま》の韻。

あなたはいつ　三巴を下って帰られるのでしょう、
そのときには前もって便りで知らせてくださいね。
必ずお出迎えにまいります、どこであろうと　遠いなどとはいいませぬ、
すぐさま飛んでいきますとも、流れの急な長風沙までだって。

❖ ❖ ❖ ❖

▼三巴《さんぱ》・長風沙《ちょうふうさ》　三巴は、今の四川《しせん》省東部の総称で、巴郡《はぐん》・巴東《はとう》・巴西《はせい》をさします。長風沙は、今の安徽《あんき》省安慶《あんけい》市の東、やはり長江のほとりの地名。長干からは上流七百里（約四百キロ）にあり、その流れは激しいといいます。危険を冒しても必ず出迎えに行くという、妻女の心意気を示した詩で、李白がこうした庶民の生活や女性を歌うのは珍しくありません。

▼商人の妻に代わって　長江（揚子江）は物流の重要な幹線水路で、多くの人が船による商業活動に従事していました。ことに長江の中心都市であった金陵（今の南京《ナンキン》）は、代々南朝の都であった古い歴史のある町で、物資集散活動センター的な役割をになった土地でした。この詩の舞台・長干里は、商業活動の中心地であった秦淮《しんわい》河の河口近く、働く庶民の住む、いわば下町でした。若妻の夫は、船主に雇われ、四川省の東部あたりまで、出稼ぎにいったのでしょう。

贈㆓孟浩然㆒　　孟浩然《もうこうねん》に贈《おく》る

吾愛孟夫子　　吾《われ》は愛《あい》す　孟夫子《もうふうし》
風流天下聞　　風流《ふうりゅう》　天下《てんか》に聞《き》こゆ
紅顔棄㆓軒冕㆒　　紅顔《こうがん》　軒冕《けんべん》を棄《す》て
白首臥㆓松雲㆒　　白首《はくしゅ》　松雲《しょううん》に臥《ふ》す
酔㆑月頻中㆑聖　　月《つき》に酔《よ》いて　頻《しき》りに聖《せい》に中《あた》り
迷㆑花不㆑事㆑君　　花《はな》に迷《まよ》いて　君《きみ》に事《つか》えず
高山安可㆑仰　　高山《こうざん》　安《いず》くんぞ　仰《あお》ぐべけんや
徒此揖㆓清芬㆒　　徒《た》だ　此《ここ》に　清芬《せいふん》に揖《ゆう》せん

○五《ご》言律詩《ごんりっし》。「聞《ぶん》、雲《うん》、君《くん》、芬《ふん》」は、上平《じょうひょう》十二文《ぶん》の韻。

わたしは　孟先生の　大ファンです、
あなたの風流な生き方は　天下の誰もが知っています。
お若いときから　立身出世の道などには見向きもなさらず、
白髪頭になるまでずっと山中ぐらし　生い茂る松　空ゆく雲を相手の世捨て人
ですね。
月をめでては　たちまち酔っ払い、
花に心をとられて　宮仕えはなさらないとか。
高山のようなお人柄　どうして仰ぎ見ることなど　できましょう、
ただただここで　そのすがすがしい香りに　心からの敬意をささげるだけです。

❖❖❖❖

▼孟浩然　孟浩然は、李白より十歳あまり年上で、王維《おうい》と並ぶ有名な自然詩人でした。「春眠　暁を覚えず」の詩で、わが国でもよく知られていますが、科挙の試験に失敗し、玄宗皇帝の機嫌を損ねて宮仕えできなかったために、故郷の襄陽《じょうよう》（今の湖北《こほく》省襄樊《じょうはん》市）の鹿門《ろくもん》山に隠棲《いんせい》し、自由人として生きました。

李白にしてみれば、都の宮廷に仕えたいと願っていたのですから、思いは複雑だったかもしれません。詩人として高名であることと、就職は叶わないが自由であることと、どちらの人生がいいのだろうかと。

◆風流

この語は、いろいろな意味に働きます。時代やその語を使う人の意識・価値観によって、変わるからです。たとえば、①風俗強化と同じ意味。②遺風、余韻をいう。③文学作品の優れた美しさ。④人間の風格・人柄。⑤英雄ぶりを表現する、などのほか、⑥女性をさす、あるいは不正常な男女関係をさすこともあって、ほめているのか、からかっているのかを見極めなければならないのです。ここでは、人物や作品の風格をたたえる表現として、出世とは無関係に生きる暮らしぶりをたたえているのでしょう。

黄鶴楼送㆔孟
浩然之㆓広陵㆒

黄鶴楼《こうかくろう》にて孟浩然《もうこうねん》の
広陵《こうりょう》に之《ゆ》くを送《おく》る

故人西辞㆓黄鶴楼㆒
煙花三月下㆓揚州㆒
孤帆遠影碧空尽
惟見長江天際流

故人《こじん》　西《にし》のかた　黄鶴楼《こうかくろう》を辞《じ》し
煙花《えんか》　三月《さんがつ》　揚州《ようしゅう》に下《くだ》る
孤帆《こはん》　遠影《えんえい》　碧空《へきくう》に尽《つ》き
惟《た》だ見《み》る　長江《ちょうこう》の天際《てんさい》に流《なが》るるを

○七言絶句。「楼《ろう》、州《しゅう》、流《りゅう》」は、下平《かひょう》十一尤《ゆう》の韻。

わが友は　ここ西に位置する黄鶴楼に別れを告げて、
かすみたなびく春三月　花のまちの　揚州に下っていく。
ぽつんと浮かぶ帆かげは遠く　紺碧《こんぺき》の空に吸い込まれて、
ただ長江のみが天の果てまで流れていくばかり。

▼黄鶴楼　三国時代、呉《ご》の二二三年に創建されたという楼閣《ろうかく》で、天下の絶景を誇る江南三大楼閣の一つ。当時、「ある仙人が半年もただで酒を飲ませてもらったお礼に、酒屋の壁に黄色い鶴《つる》の絵を描いて立ち去った。客が酒を飲んで手拍子を打つと、その鶴が躍り出すので評判になり、やがて酒屋の主《あるじ》は大金持ちになった。ある日、仙人がやってきて笛を吹き白雲を呼び寄せ、鶴の背にまたがって飛び去った。主はその地に記念の楼閣を建てた」という伝説が生まれたといいます。現在は、同区内の蛇山《じゃさん》の上にコンクリート造りの三層楼が作られて、観光名所になっています。

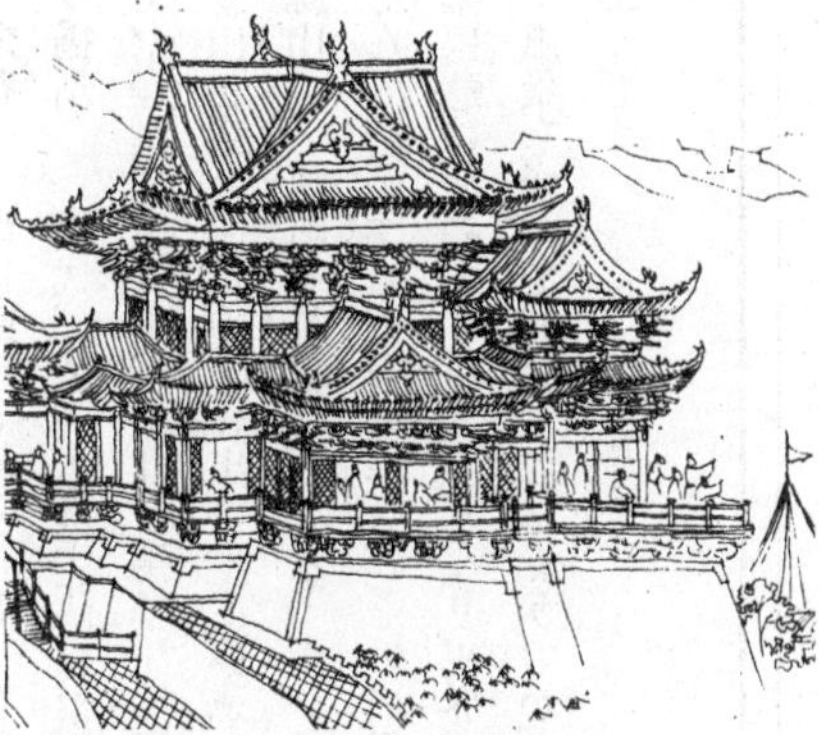
黄鶴楼図（宋代の線描画模写）

▼広陵　今の江蘇《こうそ》省揚州市一帯。

▼故人　親しい友人。日本語の「死んだ人」をさすのとは違うので要注意。

▼**煙花**　煙は霞《かすみ》やもやのこと。春の美しい霞に覆われた景色。

▼**揚州**　唐代、長江（揚子江）沿岸の対外貿易港の一つとして、経済・文化ともに栄えた商業都市。中国では、揚子江は揚州近くの部分名称で、川全体は長江といいます。

▼**山と空**　この詩に出てくる第三句は、文字に異文が多く、碧空《へきくう》を碧山《へきざん》に、あるいは緑山に、孤帆《こはん》を征帆《せいはん》に、となっているテキストがあります。平易で名作だったことが、好んで暗誦《あんしょう》する人を増やし、その口伝えが異本を生みやすくしたのでしょう。長江の川幅は急に海のように大きくなり視界が広がります。人々は自分の好みに合わせ、思い描く風景を変えて記憶してしまうのかもしれません。愛誦詩とは、そういうところがあるようです。

望㆓天門山㆒　　天門山《てんもんざん》を望《のぞ》む

天門中断楚江開　　天門《てんもん》　中断《なかた》えて　楚江《そこう》　開《ひら》き

碧水東流直北廻　　碧水《へきすい》　東《ひがし》に流《なが》れて　直《ただ》ちに北《きた》に廻《めぐ》る

両岸青山相対出　両岸《りょうがん》の青山《せいざん》　相対《あいたい》して出《い》で
孤帆一片日辺来　孤帆《こはん》　一片《いっぺん》　日辺《じっぺん》より来《き》たる

○七言絶句。「開《かい》、廻《かい》、来《らい》」は、上平《じょうひょう》十灰《かい》の韻。

まるで天の門を割ったごとくに　楚江《そこう》（長江）が山と山とを押しあけた、
紺碧《こんぺき》の水はここまで東に向かって流れ　ここから北に向きを変える。
両岸の青々とした山は　ぐっと競《せ》るように出て向かい合う、
その中をポツンと遠く　天のかなたから　一そうの小舟がやってきた。

❖❖❖❖

▽天門・楚江　長江をはさんで東に博望《はくぼう》山、西に梁《りょう》山が向かい合って、門のように見えるところから名づけられたのを歌っています。
▽画題としての妙　たった二十八文字の詩に、「断つ、開く、流れる、廻る、出る、来る」の六字が動詞として働いていて、天門山や楚江の水が、見えざるものの力で躍動するイメージを作り出しています。最後の一句にいたって、躍動する光景の緊張を緩めるように孤帆《こはん》の遠影があるのは、まさに点描《てんびょう》の妙というべきでしょう。画家が好んでこ

の詩を取り上げるのも不思議ではないですね。

金陵酒肆留別
風吹㆓柳花㆒満店香
呉姫圧㆑酒喚㆑客嘗
金陵子弟来相送
欲㆑行不㆑行各尽㆑觴
請君試問東流水
別意与㆑之誰短長

金陵《きんりょう》の酒肆《しゅし》にて留別《りゅうべつ》す
風《かぜ》 柳花《りゅうか》を吹《ふ》きて 満店《まんてん》 香《かん》ばし
呉姫《ごき》 酒《さけ》を圧《あっ》して 客《きゃく》を喚《よ》びて嘗《な》めしむ
金陵《きんりょう》の子弟《してい》 来《き》たり相送《あいおく》り
行《ゆ》かんと欲《ほっ》して行《ゆ》かず 各《おのおの》觴《さかずき》を尽《つ》くす
請《こ》う 君《きみ》 試《こころ》みに問《と》え 東流《とうりゅう》の水《みず》に
別意《べつい》は之《これ》と 誰《たれ》か短長《たんちょう》なると

○七言古《しちごんこ》詩《し》。「香《こう》、嘗《しょう》、觴《しょう》、長《ちょう》」は、下平《かひょう》七陽《よう》の韻。

風は柳のワタを吹き　酒店には　かぐわしいにおいがたちこめ、
呉の美女は新酒をしぼって　にぎやかに客を呼び込み　味見をさせる。
金陵の若者たちが　より集まって　別れの酒宴を開いてくれた、
みんなと別れがたくてなかなか席を立てず　それぞれと杯を重ね尽くした。
どうか君たち　東に流れゆく川の水に尋ねてくれたまえ、
別れのつらさは流れる水と　どちらが深く長いかと。

❖❖❖❖

▼行かんと欲して行かず―お別れコンパ―　古都の金陵《きんりょう》に半年あまりの長逗留《ながとうりゅう》をして、土地の若者たちと親しくなった李白は、さらにまた東の大都会・揚州に向けて旅立とうとして、町の居酒屋でお別れコンパを開いたのです。そこに集まったのはどんな若者たちだったのでしょうか。当時、自由に諸国漫遊できるような若者など、とても珍しかったはずですから、せめて同じ夢を見たいとばかりに、集まった若者たちであったのでしょう。「欲行不行」は、旅立つものと見送り人とをさすとする解釈でも、よいかもしれません。

◆留別とは

旅立つ人が、別れに際して詩を詠み、見送りの人にその詩を贈ることをいいます。送別といえば、見送る側が旅立つ人に、詩を贈ることをいいます。中国では、いろんな場面で詩を作れることが知識人の条件で、その才能が優れていればどこででも尊敬されたのです。

李白はこれから揚州に向けて旅立とうとしています。

柳花は柳絮《りゅうじょ》のことで、種子の上に生じる白い綿状のものをいいます。初夏のころ、熟すると綿のように空中に舞い、ふわふわと舞い落ちて地に積もります。呉姫とは、呉の地域の酒場女の代名詞。金陵がもとは呉に属していたことから、いわれるようになった呼び方です。

春夜洛城聞㆑笛

誰家玉笛暗飛㆑声
散入㆓春風㆒満㆓洛城㆒
此夜曲中聞㆓折柳㆒
何人不㆑起㆓故園情㆒

春夜《しゅんや》　洛城《らくじょう》に笛《ふえ》を聞《き》く

誰《た》が家《いえ》の玉笛《ぎょくてき》ぞ　暗《くら》やみに声《こえ》を飛《と》ばす
散《ち》りて春風《しゅんぷう》に入《い》り　洛城《らくじょう》に満《み》つ
此《こ》の夜《よ》　曲中《きょくちゅう》に　折柳《せつりゅう》を聞《き》く
何人《なんぴと》か　故園《こえん》の情《じょう》を起《お》こさざる

○七言絶句。「声《しょう》、城《じょう》、情《じょう》」は、下平《かひょう》八庚《こう》の韻。

どこの誰が吹く笛のしらべか　くらやみに響きわたり、
春風にのってこの洛陽《らくよう》の町に広がり満ちる。
今宵《こよい》は　あの「折楊柳枝曲」が流れるではないか、
それを聞けば、故郷《ふるさと》恋しと思わぬものがどこにいようぞ。

❖　❖　❖　❖

▼洛陽滞在と折楊柳枝曲

春夜に聞こえてくる笛の調べは、有名な別れの曲でした。李白はこのとき三十四歳、まだ無位無冠の身でした。この年の正月に、洛陽は臨時の首都となったのです。長雨が続いて飢饉《ききん》に見まわれた都の長安から、政府百官を引き連れた玄宗皇帝が滞在していました。だから任官就職のツテを求めて集まってきた知識人も多かったのです。誰かは知らないけれども、この夜の笛の音は、運良くチャンスをつかんだ人の旅立ちに演奏されたものかもしれません。そうだとしたら、まだなんの希望もつかめていない李白は、いっそうの傷心と、望郷の念に襲われたことでしょう。

「楊柳を折る」というのは「折楊柳枝曲」を省略した言い方です。古く漢代からの横吹曲（横笛曲）の一つで、旅立つ人との別れの曲とされました。送別の場で、楊柳のしなやかな枝を折って取り、円《まる》く輪にして、送る側の「早く無事に帰っておいで」、送られる側の「ここに留まっていたい」という意味をこめた送別儀礼の曲なのです。輪は環（ワ）、環の音は還（カン、帰るの意味）に通じ、柳（リュウ）は留（リュウ）と同音で、どちらも音声の掛けことばです。故園の情とは、故郷を懐かしむ気持ちをいいますが、故郷を遠く離れて洛陽にいる人たちも、笛の音に託されるさまざまな思いを、自分の境遇に合わせて聞いたことでしょう。

客中作

蘭陵美酒鬱金香
玉椀盛来琥珀光
但使ニ主人能酔ㇾ客
不ㇾ知何処是他郷

客中《かくちゅう》の作《さく》

蘭陵《らんりょう》の美酒《びしゅ》　鬱金香《うっこんこう》
玉椀《ぎょくわん》　盛《も》り来《き》たる　琥珀《こはく》の光《ひかり》
但《た》だ　主人《しゅじん》をして　能《よ》く客《きゃく》を酔《よ》わしむれば
知《し》らず　何《いず》れの処《ところ》ぞ　是《こ》れ他郷《たきょう》なる

○七言絶句。「香《こう》、光《こう》、郷《きょう》」は、下平《かひょう》七陽《よう》の韻。

ここ蘭陵《らんりょう》のうま酒は　とびきり鬱金《うっこん》のいい香り、
珠玉のカップになみなみと　注げばきらめく琥珀《こはく》色。
あるじどの　この旅人を心ゆくまで酔わせてくださるなら、
それこそ　ここが　わたしの故郷でござる。

❖　❖　❖　❖

▽「客中作」　旅先での作ということ。蘭陵《らんりょう》（今の山東省の南端嶧《えき》県の東）は美酒を産する地であったらしい。李白が歌う名物は、たいてい実在の物だという。
▽鬱金　香草《こうそう》、うこん。ショウガ科の多年草、いわゆるハーブ。地下茎から黄色の染料を取る。それを浸した酒は祭祀《さいし》に用いられたという。
▽玉椀　玉《ぎょく》で作った酒器。アルコール度数の低い酒はやや大ぶりの器（椀）で呑《の》むのが普通で、日本のいわゆる小さな杯とは異なる。
▽琥珀　太古《たいこ》に地中に埋没した樹脂の黄色い化石。十分に醸《かも》された酒の美しい色をいう。

◆諸国漫遊の条件

自由に旅する時間をもち、他郷のひとびととの出会いを重ね、見聞を広めて、それで詩作によって名声を高めた人といえば、おそらく李白が中国文学史上最初の人といえるでしょう。それには、少なくとも三つの条件が必要でした。一つは、国内が平和な時代であることです。玄宗の開元《かいげん》時代は戦乱や災害がなく、個人的な旅もさして危険ではなかったことがその一つです。さらに一つは、漫遊の費用が自弁であっても、それをまかなえるだけの財力が彼にはあったらしいのです。父親が裕福な商人であったといわれるのも、その可能性を示唆するものでした。最後の一つは、詩人としての名声を高めるためにも、各地のしかるべき人物を尋ねて、人脈をつなげていかなくてはならないのですが、彼の旅程コースはそれを示すものだといえるのです。

上㆓李邕㆒

大鵬一日同㆑風起
扶揺直上九万里
仮令風歇時下来
猶能簸㆓却滄溟水㆒

李邕《りよう》に上《たてまつ》る

大鵬《たいほう》　一日《いちじつ》　風《かぜ》と同《とも》に起《お》こり
扶揺《ふよう》　直《ただ》ちに上《のぼ》る　九万里《きゅうまんり》
仮令《たとえ》　風《かぜ》　歇《や》みて時《とき》に下《くだ》り来《く》るも
猶《な》お能《よ》く　滄溟《そうめい》の水《みず》を簸却《はきやく》す

時人見ニ我恒殊レ調　時人《じじん》　我《われ》の　恒《つね》に調《しら》べを殊《こと》にするを見《み》
聞ニ余大言一皆冷笑　余《よ》の大言《たいげん》を聞《き》きて　皆《こと》ごとく　冷笑《れいしょう》す
宣父猶能畏ニ後生一　宣父《せんぷ》も　猶《な》お能《よ》く後生《こうせい》を畏《おそ》る
丈夫未レ可レ軽ニ年少一　丈夫《じょうふ》　未《いま》だ　年少《ねんしょう》を軽《かろ》んずべからず

○七言古詩。「起《き》、里《り》、水《すい》」は、上声《じょうしょう》四紙《し》の韻。「調《ちょう》、笑《しょう》、少《しょう》」は、去声《きょしょう》十八嘯《しょう》の韻。

おおとりがある日　風と共に飛び立って、
つむじ風のようにまっすぐ　高々と九万里も天にかけ上りました。
たとえ　風がやんで　下に舞い降りたとしても、
それでもなおよく　海の水をゆるがすことができるのです。
そんなふうに　人並みはずれな　わたしだから、
今の世の人々は　わたしの抱負を聞いても　みんな冷笑するばかり。
だが、孔子さまもいわれました　「後生《こうせい》　畏《おそ》るべし」、

一　若者だからと軽んじてはならぬぞと。

❖　❖　❖　❖

▽ナルシスト―李白　この詩は李白が長安を追放された直後の七四五年の作だとされますが、七二六年説や、偽作説もあるので、本当はどうなのかはわかりません。たしかに政界の大先輩に差し出すものとしては、あまりにも横柄な内容だからです。

李邕は『文選《もんぜん》』の注を著した大学者・李善《りぜん》の息子なのですが、人物としての評判は、とかく芳しくはありませんでした。だから二十歳も年長の有名人に向かって、若造の李白は、あえて意識的に彼を挑発したのかもしれないのです。臆面《おくめん》もなく自己評価を開陳する李白は、それだけで排斥《はいせき》される種を撒《ま》いたともいえます。しかし、李邕が人を陥れたり、賄賂《わいろ》を取ったり、有名なのを鼻にかけるいやなタイプだったというところから考えると、李白はあえて横柄な態度をとったのだと、いえなくもありません。李邕は汚職などの罪に問われて七四七（天宝六）年、七十七歳で杖殺《じょうさつ》されたといいます。

蜀道難　三首　　蜀《しょく》の道《みち》は難《かた》し　三首（うち一首）

古い楽府題の一つ。この詩は長安（陝西《せんせい》省）と蜀（四川省）の間をつなぐ山道が、いかに険しく困難なルートであるかを歌った有名な長編で、長《ちょう》短句《たんく》を駆使し、自由奔放のリズムで作られています。有名な作なのですが、わかりにくいので李白がこの詩を書いた意図についても、多くの説があります。長編なので、分けて読んでみることにしましょう。

噫吁嚱危乎高哉　　噫《あ》吁嚱《あ》危《たか》いかな　高《たか》いかな
蜀道之難　　蜀《しょく》の道《みち》の難《かた》きことは
難三於上二青天一　　青天《せいてん》に上《のぼ》るよりも難《かた》し

○楽府《がふ》。「難《なん》、天《てん》」は、上平《じょうひょう》十四寒《かん》、下平《かひょう》一先《せん》の韻の通押《つうおう》。

あーあーあ、そそり立つ山よ　高い山よ。
蜀への道をたどるのは、
大空に上るよりも　もっともっと難しい。

蚕叢及魚鳧
開国何茫然
爾来四万八千歳
不㆘与㆓秦塞㆒通㆗人烟㆖
西当㆓太白㆒有㆓鳥道㆒
可㆔以横㆓絶峨眉巓㆒
地崩山摧壮士死
然後天梯石桟相鈎連

蚕叢《さんそう》と魚鳧《ぎよふ》と
開国《かいこく》　何《なん》ぞ　茫然《ぼうぜん》たる
爾来《じらい》　四万八千歳《よんまんはっせんさい》
秦塞《しんさい》と人烟《じんえん》を通《つう》ぜず
西《にし》のかた太白《たいはく》に当《あ》たりて　鳥道有《ちょうどうあ》り
以《もっ》て峨眉《がび》の巓《いただき》を横《よこ》に絶《わた》るべし
地《ち》崩《くず》れ　山摧《やまくだ》けて　壮士《そうし》は死《し》し
然《しか》る後《のち》　天梯《てんてい》　石桟《せきさん》　相鈎連《あいこうれん》す

○「然《ねん》、烟《えん》、巓《てん》、連《れん》」は、下平一先の韻。

あの蚕叢《さんそう》と魚鳧《ぎょふ》とが、
この国を開いたのは　はるか、はるかに遠い昔のこと。
それからすでに四万八千年、
秦の国とは地続きなのだが　人の行き来は　とんと　なかった。
秦の西側には　太白山が高くそびえ　鳥の通い路ならば、
蜀の峨眉《がび》山まで横切ることは出来るとしても　行き来はとても無理だった。
そんな山が崩れ　地が砕けて　蜀王の五人の壮士が死んだあとに、
はしごが作られ　石の桟道《さんどう》が連なった。

上有㆓六竜迴㆑日之高標㆒　上《うえ》には　六竜《りくりゅう》の日《ひ》を迴《かえ》す高標《こうひょう》有《あ》り
下有㆓衝波逆折之回川㆒　下《した》には　衝波逆折《しょうはげきせつ》の回川《かいせん》有《あ》り
黄鶴之飛尚不㆑得㆑過　黄鶴《こうかく》の飛《と》ぶも　尚《な》お　過《す》ぐるを得《え》ず
猿猱欲㆑度愁㆓攀援㆒　猿猱《えんどう》は　度《わた》らんと欲《ほっ》して攀援《はんえん》を愁《うれ》う

青泥何盤盤　　　青泥《せいでい》何《なん》ぞ盤盤《ばんばん》たる
百歩九折縈㆓巌巒㆒　　　百歩九折《ひやつぽきゆうせつ》巌巒《がんらん》縈《めぐ》る
捫㆑参歴㆑井仰脅息　　　参《しん》を捫《おさ》え　井《せい》を歴《さぐ》り　仰《あお》いで脅息《きようそく》し
以㆑手撫㆑膺坐長嘆　　　手《て》を以《もつ》て膺《むね》を撫《ぶ》し　坐《ざ》して長嘆《ちようたん》す

○「川《せん》、援《えん》、盤《ばん》、巒《らん》、嘆《たん》」は、上平十三元《げん》、十四寒《かん》、下平一先の韻の通押。

上には、お日さまが乗って翔《かけ》る六匹の竜が引く車でも　突き当たって引き返すという高峰があり、下には、音たてて流れる波でさえ　渦《うず》巻き逆流する川がある。空高く飛ぶおおとりでも通り抜けることはできず、
木登り上手な猿たちでもよじ登るのは難しい。
青泥《せいでい》山の尾根はどんなに曲がりくねっていることか、
百歩行くのに九回折れ曲がり　岩山がどこまでも続く。
オリオン星を手でつかみ　双子星を通り過ぎ　上を仰いでハァハァあえぎ、

胸をなでては　ため息をつく。

問レ君西遊何時還
畏途巉巌不レ可レ攀
但見悲鳥号ニ古木一
雄飛雌従繞ニ林間一
又聞子規啼ニ夜月一
愁ニ空山一
蜀道之難
難三於上ニ青天一
使三人聴レ此凋ニ朱顔一
連峯去レ天不レ盈レ尺
枯松倒挂倚ニ絶壁一

君《きみ》に問《と》う　西《にし》に遊《あそ》びて　何《いず》れの時《とき》にか還《かえ》ると
畏途《いと》の巉巌《ざんがん》たる　攀《よ》ずべからず
但《た》だ見《み》る　悲鳥《ひちょう》の　古木《こぼく》に号《さけ》び
雄《おす》は飛《と》び　雌《めす》は従《したが》いて　林間《りんかん》を繞《めぐ》るを
又《また》聞《き》く　子規《しき》　夜月《やげつ》に啼《な》きて
空山《くうざん》に愁《うれ》うるを
蜀《しょく》の道《みち》の難《かた》きは
青天《せいてん》に上《のぼ》るよりも難《かた》し
人《ひと》をして此《これ》を聴《き》きて　朱顔《しゅがん》を凋《しぼ》ましむ
連峯《れんぽう》　天《てん》を去《さ》ること　尺《しゃく》に盈《み》たず
枯松《こしょう》　倒《さか》しまに挂《か》かりて　絶壁《ぜっぺき》に倚《よ》る

飛湍瀑流争喧豗
砯レ崖転レ石万壑雷
其険也若レ此
嗟爾遠道之人
胡為乎来哉

飛《ひ》湍《たん》　瀑流《ばくりゅう》　争《あらそ》いて　喧豗《けんかい》
崖《がけ》を砯《う》ち　石《いし》を転《まろ》ばして　万壑《ばんがく》雷《とどろ》く
其《そ》の険《けん》なるや　此《か》くの若《ごと》し
嗟《ああ》　爾《なんじ》　遠道《えんどう》の人《ひと》
胡為《なんす》れぞ　来《き》たれるや

○「還《かん》、攀《はん》、間《かん》、山《さん》、難《なん》、天《てん》、顔《がん》」は、上平十四寒、十五刪《さん》、下平一先の韻の通押。「尺《せき》、壁《へき》」は、入声陌《にっしょうはく》の韻。「豗《かい》、雷《らい》、哉《さい》」は、上平十灰の韻。

いったい君は　西の蜀に出掛けるというが　いつごろ帰るつもりなのか、
険しい山道がそそり立ち　よじ登ることさえできないのに。
ただただ　老木の上で　鳥が悲しげに叫び鳴き、
雄が飛べば雌が後を追って　林の中を飛び回るだけ。
また聞こえるのはホトトギス　夜空の月に鳴くばかり、
ひとけのない山中で　さびしげに鳴く。

蜀への道は　行くのさえも大変難しい、
青空に上るよりも　もっと　もっと難しい。
そう聞くだけで　人はたちまち元気がうせて　年を取る。
連なる峰は　天とはほんの一尺足らず、
枯れた松が逆さまに絶壁に掛かる。
飛ぶように流れる早瀬と　流れて落ちる滝《たき》つ瀬は　ごうごうと音たてて、
崖《がけ》をたたき　石を転がし　谷という谷に　雷がとどろき渡る。
その険しさはまさにこの通りだ。
ああ　それなのに遠くから、
こんなところにやってくるとは、旅のお人よ。

剣閣崢嶸而崔嵬　　剣閣《けんかく》崢嶸《そうこう》として崔嵬《さいかい》
一夫当レ関万夫莫レ開　　一夫《いっぷ》関《かん》に当《あ》たれば　万夫《ばんぷ》も開《ひら》く莫《な》し
所レ守或匪レ親　　守《まも》る所《ところ》　或《ある》いは親《しん》に匪《あら》ざれば

化為狼与豺　化《か》して為《な》らん　狼《おおかみ》と豺《さい》とに
朝避㆓猛虎㆒　朝《あした》には猛虎《もうこ》を避《さ》け
夕避㆓長蛇㆒　夕《ゆうべ》には長蛇《ちょうだ》を避《さ》く
磨㆑牙吮㆑血　牙《きば》を磨《みが》き血《ち》を吮《す》い
殺㆑人如㆑麻　人《ひと》を殺《ころ》すこと麻《あさ》の如《ごと》し
錦城雖㆑云㆑楽　錦城《きんじょう》　楽《たの》しと云《い》うと雖《いえど》も
不㆑如㆓早還㆑家　早《つと》に　家《いえ》に還《かえ》るに如《し》かず
蜀道之難　蜀《しょく》の道《みち》の難《かた》きは
難㆔於上㆓青天㆒　青天《せいてん》に上《のぼ》るよりも難《かた》し
側㆑身西望長咨嗟　身《み》を側《そば》だてて西望《せいぼう》し　長《なが》く咨嗟《しさ》す

○「嵬《かい》、開《かい》、豺《さい》」は、上平九佳《かい》、十灰の韻の通押。「蛇《だ》、麻《ま》、家《か》、嗟《さ》」は、下平六麻《ま》の韻。

剣閣《けんかく》山はごつごつと　天に向かってそそり立つ、

一人の兵士がここを守れば、
万人の兵が攻めたとて　とても突破はかなわぬところだ。
ここの守りは身内でないとしたら、
仇《あだ》なす狼《おおかみ》や山犬にいつ化けるかわからぬという　大変な難所。
朝《あした》には猛虎《もうこ》が出ぬかと気をもみ、
夕《ゆうべ》には大蛇を恐れねばならぬ。
虎《とら》は牙《きば》を磨《みが》き　蛇《へび》は血を吸い、
人をばたばた殺してしまう。
錦城《きんじょう》は良いところだというけれど、
さっさと我が家に帰るに如《し》かずだよ。
蜀への道は大変なのだ、
青空に上っていくよりまだ難しい、
身をそばめて恐る恐る西のかたを眺めやり、ひたすら長い嘆息をつくばかり。

❖　❖　❖　❖

▼主題について　有名な長編の詩ですが、かなり難解で解釈はさまざまです。「蜀への道はとてもけわしく大変なのだ」という句が繰り返されているのを見ても、当時まだ誰にとってもなじみのない、蜀への旅を紹介したものなのだといえます。この詩は長安から蜀のほうに向かう視線で歌っていますから、李白が長安に身を置いていた時期の作であろうといわれます。都からいえば、蜀はまだまだ遠い異郷未開の地でした。では彼が長安にいた時期のいつなのか、ということも決めがたいのですが。要するに、李白が都にいたころ、遠く蜀に赴く友人がいて、その人を見送るに際して、無事に帰って来るようにとの祈りをこめて作った、という解釈（毛水清・陳光堅『李白詩歌賞析』一九八六年　北京）でよいのでしょう。

◈宮廷勤め・長安にて

子夜呉歌　四首

其一　春

秦地羅敷女
採レ桑緑水辺
素手青条上
紅妝白日鮮
蚕飢妾欲レ去
五馬莫ニ留連一

子夜呉歌《しやごか》　四首

其《そ》の一　春《はる》

秦地《しんち》の羅敷女《らふじょ》
桑《くわ》を採《と》る　緑水《りょくすい》の辺《ほとり》
素《しろ》き手《て》は　青《あお》き条《えだ》の上《うえ》
紅妝《こうしょう》は　白日《はくじつ》に鮮《あざ》やかなり
蚕《かいこ》は飢《う》え　妾《しょう》は去《ゆ》かんと欲《ほっ》す
五馬《ごば》　留連《りゅうれん》する莫《な》かれ

○楽府《がふ》。「辺《へん》、鮮《せん》、連《れん》」は、下平《かひょう》一先《せん》の韻。六朝《りくちょう》時代の呉地方の民謡調による詩。

秦《しん》のお国の羅敷さんは、
桑の葉を摘む　水澄む川辺で。
緑の枝にのびた素手《すで》の、
おめかし美人は　お日さま浴びて　ひときわ目立つ。
蚕はおなかを空かせているの　わたしは急いで帰らねば、
殿方《とのがた》さまよ　邪魔をしないで下さいな。

❖❖❖❖

▽子夜呉歌　六朝時代の「東晋のころ、哀切な声で歌うのが上手な子夜という名の女性が作った」もので、呉（今の江蘇《こうそ》省南部をさす）で作られたことから、「子夜呉歌」とよばれるようになったといいます。後の人の同題の作も、恋人に対する女性の思慕を歌ったものが多く、そのバージョンとして四季行楽を歌った「子夜四時歌」が、春夏秋冬の特徴を四首に分けて歌い上げるものになりました。李白も同じく四首の連作としています。その一首目は、春、漢代の楽府を素材にした、コミックな詩です。

▼秦地羅敷女《らふじょ》　秦地とは、かつて秦の都だったころの名称で、唐王朝になってから、あたらしく長安と変えられました。かつての首都の名を雅称代名詞のように使うのは、よくあることで、明治以後になっても東京を「江戸」といったのと同じです。過去の名称を使うことで、歴史の長さや文化的伝統の重さを示す効果があるからでしょう。こうした例は詩的語彙《ごい》として、よく使われますから、主要なものは覚えておくといいでしょう。

羅敷は働く美女の代名詞で、楽府「陌上桑《はくじょうそう》」に見える主人公の名です。桑摘みをしていた羅敷が、通りかかった太守（地方長官）に口説かれますが、彼女が逆に亭主自慢を述べ立てて長官をへこませ、きっぱり断るといったコミカルなお話の主人公です。この詩に使われる語彙はその楽府「陌上桑（道野辺の桑）」に基づくものが多いのです。五馬とは五頭立ての馬車に乗る長官をさす代称名詞。

其二　夏

鏡湖三百里
菡萏発二荷花一
五月西施採
人看隘二若耶一
回レ舟不レ待レ月
帰去越王家

其《そ》の二　夏《なつ》

鏡湖《きょうこ》　三百里《さんびゃくり》
菡萏《かんたん》　荷花《かか》　発《ひら》く
五月《ごがつ》　西施《せいし》　採《と》れば
人《ひと》の看《み》るに　若耶《じゃくや》を隘《せま》しとす
舟《ふね》を回《めぐ》らすに　月《つき》を待《ま》たず
帰《かえ》り去《ゆ》く　越王《えつおう》の家《いえ》

○楽府。「花《か》、耶《や》、家《か》」は、下平《かひょう》六麻《ま》の韻。

鏡湖《きょうこ》の回りは三百里、
つぼみも開いた　はすの花。
五月　西施《せいし》が　はすの実摘めば、

若耶《じゃくや》も狭しと人だかり。
月の出待たずに舟引き返し、
帰り行くのは越王の館。

❖❖❖❖

▼美女西施《せいし》　紀元前の呉・越両国の興亡を記した『呉越春秋《ごえつしゅんじゅう》』に描かれて有名な美女西施の物語を踏まえた詩です。「宿敵の呉王夫差《ふさ》を倒すために、隣国の越王が探し出させた美女の西施や鄭旦《ていたん》などに、三年かけてマナーや化粧法をマスターさせ、呉王に献呈」、そのおかげで、呉王は彼女らの色香におぼれて、ついに越に滅ぼされたという、有名なお話です。西施らは、もともと鏡湖に流れ入る谷川の若耶渓《じゃくやけい》で、はすの実を摘んでいたところを、スカウトされた普通の農民女性でした。この詩は越王の美女検分光景を歌ったものです。

▼はす摘み　越地方の陰暦五月は、すでに盛夏です。その季節のはす摘みは、水郷江《こう》南《なん》の風物詩のひとつで、ことに越地方は採蓮や採菱で有名な地域です。蓮（れん）は恋（れん）や憐（れん）と同じ音声の掛けことばで、恋人ハンティングを意味し、「採蓮《さいれん》曲《きょく》」「採菱歌《さいりょうか》」などは、季節の実際を離れた恋歌として歌われました。はすの実は実の

中にある蓮子（蓮心ともいう）が、薬用はもとより、食用としても多用される用途の多い作物で、これらを中国では「経済作物」といいます。

其三　秋

長安一片月
万戸擣レ衣声
秋風吹不レ尽
総是玉関情
何日平ニ胡虜一
良人罷ニ遠征一

其《そ》の三　秋《あき》

長安《ちょうあん》一片《いっぺん》の月《つき》
万戸《ばんこ》衣《ころも》を擣《う》つ声《こえ》
秋風《しゅうふう》吹《ふ》いて尽《つ》きず
総《す》べて是《こ》れ玉関《ぎょくかん》の情《じょう》
何《いず》れの日《ひ》にか胡虜《こりょ》を平《たい》らげて
良人《りょうじん》遠征《えんせい》を罷《や》めん

○楽府。「声《せい》、情《じょう》、征《せい》」は、下平八庚《こう》の韻。

長安の夜空に冴《さ》える月光のもと、
どこの家でも　トントンと砧《きぬた》の音がする。
冷たい秋の風が吹きやまぬ　それでも吹き飛ばしてはくれないの、
玉門関にいるあの人を　案じ続ける　わたしの心配を。
いつになったらあの人は　夷《えびす》の敵を平らげて、
防人《さきもり》の任期が満ちて　帰れるのやら。

❖❖❖❖

▼きぬたの響き　これは、四首の中でも、もっとも有名な詩です。閨怨《けいえん》に寄せつつ、実は戦争にかり出される民衆の悲しみ、怒り、願いを、女の側から歌い上げた秀作です。擣衣《とうい》とは、きぬた打ちのことで、女性の夜なべ仕事だったと思われますが、静かな夜であればこそ、ひときわ槌音《つちおと》が響き渡って、切ない思いが増幅したことでしょう。それは秋の夜長の風物詩でもありますが、冬支度の衣服を遠くにいる家族や愛する人に送らねばならない女性にとっては、切ない苦行《くぎょう》でもあったでしょう。三句目の「吹不尽」は「吹きつくすことは出来ない」という不可能形の語です。玉門関は西の国境最前線地域。

其四冬

明朝駅使発
一夜絮二征袍一
素手抽レ針冷
那堪把二剪刀一
裁縫寄二遠道一
幾日到二臨洮一

其《そ》の四　冬《ふゆ》

明朝《みようちよう》　駅使《えきし》　発《た》つ
一夜《いちや》　征袍《せいほう》に　絮《わた》いれす
素手《そしゆ》もて　針《はり》を抽《ぬ》くにも冷《ひ》えて
那《なん》ぞ堪《た》えん　剪刀《せんとう》を把《と》るに
裁《た》ち縫《ぬ》いて　遠道《えんどう》に寄《よ》するも
幾《いず》れの日《ひ》にか　臨洮《りんとう》に到《いた》らん

○楽府。「袍《ほう》、刀《とう》、洮《とう》」は、下平四豪《ごう》の韻。

明日の朝には駅使(飛脚便)が出るとか、
一夜《いちや》で綿入れ　しあげにゃならぬ。
針持つ手先は　凍《こご》えてならぬに、

なんで　はさみが　持てようか。
仕立て上げても託《こと》づけ先は　はるかかなたの遠い土地、
臨洮《りんとう》に着くのはいつのことやら。

❖❖❖❖

▼裁縫する女　秋と冬の詩は、愛する者を遠い戦場にとられて、冬着を送るために綿入れを縫う女の心痛を描いています。家族の無事を願い、心配しつつ、ひたすら待つしかない女たちのやるかたない心情を代弁しています。臨洮はチベットに近い国境の地。民謡風の「子夜呉歌」四首は、四季それぞれに、女たちが人としてまじめに生き、働き、それでいて愛ある暮らしを奪われている非条理を、平易に描いた秀作だといえます。

烏夜啼

烏《からす》が夜《よる》啼《な》く

黄雲城辺烏欲レ棲

黄雲《こううん》城辺《じようへん》烏《からす》棲《す》まんと欲《ほっ》し

帰飛啞啞枝上啼　帰《かえ》り飛《と》び　啞啞《ああ》と枝上《しじよう》に啼《な》く
機中織レ錦秦川女　機中《きちゆう》　錦《にしき》を織《お》る　秦川《しんせん》の女《むすめ》
碧紗如レ烟隔レ窓語　碧紗《へきさ》　烟《けむり》の如《ごと》く　窓《まど》を隔《へだ》てて語《かた》る
停レ梭悵然憶二遠人一　梭《ひ》を停《と》めて　悵然《ちようぜん》　遠《とお》き人《ひと》を憶《おも》う
独宿二孤房一涙如レ雨　独《ひと》り孤房《こぼう》に宿《しゆく》して　涙《なみだ》　雨《あめ》の如《ごと》し

○楽府。「棲《せい》、啼《てい》」は、上平《じようひよう》八斉《せい》の韻。「女《じよ》、語《ご》、雨《う》」は、上声《じようしよう》六語《ご》の韻。

暮れがたに　黄色い雲のたなびくかなた、　ねぐらを求めてからすは騒ぐ、
カアカアと鳴きながら　棲《す》み処《か》の枝に帰りゆく。
機《はた》織り台の秦川《しんせん》の女《むすめ》　錦を織りつつ独りごと、
たそがれ時の窓辺にひとり　薄絹のカーテン越しに　語りだすのは　切ない思い。
梭《ひ》を持つ手もいつしか止まる　遠くに行ったいとしい人を　思うゆえ、
今宵《こよい》もまた　一人寝の寂しさに　涙はさながら雨のよう。

▽烏夜啼《うやてい》　逢引《あいびき》の恋人たちの別れのつらさ、悲しさを歌う楽府曲の題。李白はその題を借りながら、もと歌とは異なる、思婦《しふ》（悲しみにくれる女性）の姿を描きました。
▽錦を織る　かつて、罪人として遠くに流された夫・竇滔《とうとう》に、「迴文旋璣図《かいぶんせんきず》」（模様仕立ての文字をたどると、意味がわかるようにした詩文を織り込んだもの）を贈り、思いを伝えた蘇蕙《そけい》の故事（『晋書《しんじょ》』列女伝《れつじょでん》）を踏まえて、詩の女主人公が、似た境遇にあることを示しています。

❖ ❖ ❖ ❖

◆女性のための代弁歌

李白は女たちの生活や感情を歌った詩をたくさん書きました。それを、「卑しく、くだらない」と批判する後世の批評家は少なくありません。それでも、彼の詩は民衆に愛されました。庶民の感情を、平易率直に代弁していたからです。それらは、いわば女の悲しい定めを歌った演歌ともいうべき庶民の世界なのですが、彼はそうした女性たちの暮らしに、同情をもって歌ったといえるでしょう。

清平調詞　三首　　清平調詞《せいへいちょうし》　三首

「清平調詞」三首とは、楽曲の宮調（一定の音階とメロディー）に合わせて作った歌詞が三首ということを示す。

其一　　其《そ》の一

雲想㆓衣裳㆒花想㆑容　　雲《くも》には衣裳《いしょう》を想《おも》い　花《はな》には容《かんばせ》を想《おも》う
春風払㆑檻露華濃　　春風《しゅんぷう》　檻《おばしま》を払《はら》いて　露華《ろか》　濃《こま》やかなり
若非㆓群玉山頭見㆒　　若《も》し　群玉山頭《ぐんぎょくさんとう》にて見《あ》うに非《あら》ざれば
会向㆓瑶台月下㆒逢　　会《かなら》ず　瑶台月下《ようだいげっか》に向《お》いて逢《あ》わん

○楽府《がふ》。「容《よう》、濃《のう》、逢《ほう》」は、上平《じょうひょう》二冬《とう》の韻。

雲かと見紛《みまご》うお召し物、花かと見紛う　艶《えん》なるかんばせ、春風が欄干をそっとなでれば、花におく露《つゆ》はしっとり。
こんな美人に会えるのは、（神話にみえる）群玉山（西王母の書斎のある山）の上、
あるいは月夜の（仙人の）瑶台御殿《ようだいごてん》の中でだけ。

其二

一枝紅艶露凝レ香
雲雨巫山枉断腸
借問漢宮誰得レ似
可憐飛燕倚ニ新粧一

其《そ》の二

一枝《いっし》の紅艶《こうえん》　露《つゆ》は香《かおり》を凝《こ》らす
雲雨《うんう》　巫山《ふざん》　枉《むな》しく　断腸《だんちょう》
借問《しゃもん》す　漢宮《かんきゅう》　誰《たれ》か似《に》るを得《え》たる
可憐《かれん》の飛燕《ひえん》　新粧《しんしょう》に倚《よ》る

○楽府。「香《こう》、腸《ちょう》、粧《しょう》」は、下平《かひょう》七陽《よう》の韻。

一枝の紅《あか》い牡丹《ぼたん》のように　あでやかにしたたる露の香ぐわしさ、

この巫山《ふざん》の美女に焦がれるのは　とてもかなわぬ　高嶺の花というものぞ。
お尋ねしましょう　かの漢の宮殿内で　かくも美しい牡丹の花に似た方がおられましょうか、
言わずもがな　粧《よそお》いを凝《こ》らしたばかりの　麗しき飛燕さま。

❖❖❖❖

▼**牡丹の花**　はじめは芍薬《しゃくやく》のなかに数えられていたのですが、玄宗皇帝のころに栽培が盛んになって牡丹と名づけられ、愛《め》でられるようになったといいます。世の中が平和で豊かになるのと、人々が美しい花を栽培し観賞するのとは、密接に関係するものです。

其三

名花傾国両相歓
長得二君王帯一レ笑看一
解二釈春風無限恨一
沈香亭北倚二欄干一

其《そ》の三

名花《めいか》と傾国《けいこく》　両《ふた》つともに　相歓《あいよろこ》ぶ
長《つね》に　君王《くんのう》の笑《わら》いを帯《お》びて　看《み》るを得《え》たり
春風《しゅんぷう》　無限《むげん》の恨《うら》みを解釈《かいしゃく》して
沈香亭北《じんこうていほく》　欄干《らんかん》に倚《よ》る

○楽府。「歓《かん》、看《かん》、干《かん》」は、上平十四寒《かん》の韻。

名花の牡丹と傾国の美女、どちらもみかどのお気に入り、
いつもご機嫌麗しく　にこやかな笑顔でご覧になる。
春風が運んでくる　憂いのかげも、いつしか解けてゆったりと、
沈香亭の北側の欄干に寄り添う姿のあでやかさ。

❖❖❖❖

▼傾国の美女をたたえて　この三首は、李白が長安でようやく玄宗に召しだされ、翰《かん》林院供奉《りんいんぐぶ》に任じられた初期のころの作です。牡丹の花と楊貴妃の美しさを一体化したものとして、「これぞ太白の佳境」と謳《うた》われたのですが、やがて彼を貶《おとし》める材料の一つにされ、失脚の遠因になりました。楊貴妃の美しさを最大限にたたえたつもりであったのに、こともあろうに前漢王朝を滅亡にみちびいた趙《ちょう》飛燕になぞらえたとして、取りざたされたからです。

宮仕えとはいうものの、彼の肩書きは、皇帝の求めに応じて、詩を献上するのが任務の、単なる御用文人にすぎなかったのです。

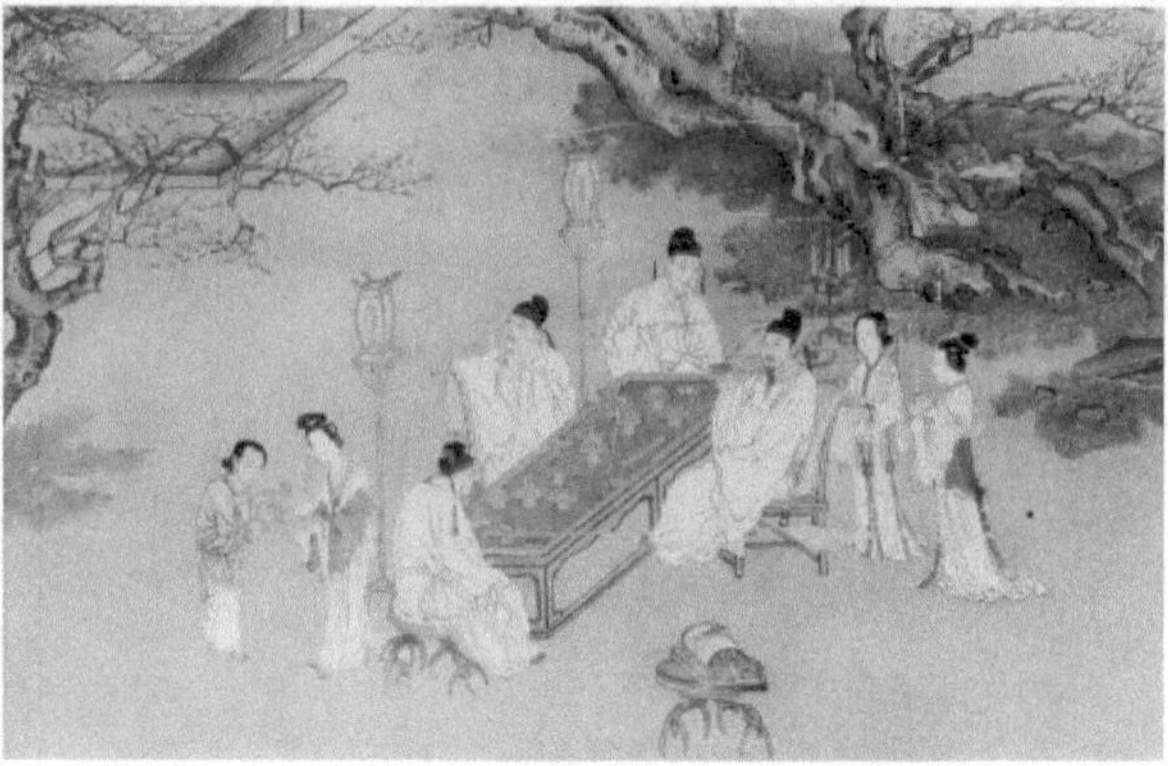

桃李園《とうりえん》図　明・仇英《きゅうえい》画（知恩院蔵）

下ニ終南山一過ニ斛
斯山人宿一、置酒

暮従ニ碧山一下
山月随レ人帰
却ニ顧所レ来径一
蒼蒼横ニ翠微一
相携及ニ田家一
童稚開ニ荊扉一
緑竹入ニ幽径一
青蘿払ニ行衣一
歓言得レ所レ憩

終南山《しゅうなんざん》を下《くだ》りて斛斯山人《こくしさんじん》
の宿《やど》に過《よ》ぎり、置酒《ちしゅ》す

暮《く》れに　碧山《へきざん》より下《くだ》れば
山月《さんげつ》　人《ひと》に随《したが》って帰《かえ》る
来《きた》りし所《ところ》の径《みち》を却顧《きゃくこ》すれば
蒼蒼《そうそう》として　翠微《すいび》に横《よこ》とう
相携《あいたずさ》えて　田家《でんか》に及《およ》べば
童稚《どうち》　荊扉《けいひ》を開《ひら》く
緑竹《りょくちく》　幽径《ゆうけい》に入《い》り
青蘿《せいら》　行衣《こうい》を払《はら》う
歓《よろこ》び言《い》う　憩《いこ》う所《ところ》を得《え》たれば

美酒聊共揮
長歌吟㆓松風㆒
曲尽河星稀
我酔君復楽
陶然共忘㆑機

美酒《びしゅ》　聊《いささ》か共《とも》に揮《ふる》わんと
長歌《ちょうか》して松風《しょうふう》を吟《ぎん》ずれば
曲尽《きょくつ》きて　河星《かせい》　稀《まれ》なり
我《われ》酔《よ》うて　君《きみ》も復《ま》た楽《たの》しみ
陶然《とうぜん》として　共《とも》に機《き》を忘《わす》る

○五言古詩《ごごんこし》。「帰《き》、微《び》、扉《ひ》、衣《い》、揮《き》、稀《き》、機《き》」は、上平《じょうひょう》八微《び》の韻。

日暮れに終南山から下ってくると、
山にかかる月も一緒についてきた。
いま来た道を振り返って見れば、
日暮れの薄やみの中に　終南山の嶺《みね》が鬱蒼《うつそう》と横たわっている。
月をお供に携えて　いなかやを訪《おとな》えば、
しもべが枝折戸《しおりど》を開けてくれた。
緑の竹が奥深く続き、

旅ごろもに　絡《から》まり下がるつたの枝葉が触れる。
友は大喜びして迎えてくれた　ようこそ訪ねてくれた　これで楽しみができた、
うまい酒をいっぱいやろうや　と。
いい気持ちで長々と松風の曲を歌っているうちに、
曲が尽きてすっかり夜も更け　銀河の星たちも見えなくなった。
わたしが酔えば　君も楽しくくつろぎ、
すっかりいいご機嫌《きげん》で　うるさい世間のことなど　とんと忘れてしまった。

◆機を忘れる

唐王朝は、異民族にも仕官のための門戸を広く開いたといわれます。阿倍仲麻呂《あべのなかまろ》がそうであったように、この斛斯山人《こくしさんじん》も、北方少数部族の出身でした。杜甫《とほ》の詩「斛斯校書《こうしょ》の荘を過《よ》ぎる」にも歌われている官僚で、司書の斛斯《こくし》融《ゆう》であったようです。

この詩、李白が長安で暮らし始めた初期の作でしょう。終南山は長安の南に連なる秦嶺《しんれい》山脈の一つで、政界などの有力者が競って営んだ別荘地でした。別荘を持たない詩人たちは、そうした別荘に招かれては詩酒を楽しんだといいます。安禄山《ろくざん》の乱を迎えるまで、そこは宮廷人や多くの知識人の息抜きの場所で、王維《おうい》が営んだ有名な「輞川荘《もうせんそう》」もその一つでした。王維と李白は同時代人ですが、二人の間には直接の交流はありませんでした。

すでに、宮廷勤めにも居心地の悪さを覚えていた李白は、「美酒いささか共に揮《ふる》わん」と豪快に飲み、かつ「陶然として共に機《き》を忘る」と謳《うた》います。機とは、わずらわしい人間関係のなかで要求される気働きといったらよいでしょうか、李白にはそれがいちばん不得手のものでした。

行路難　三首

行路難《こうろなん》　三首（うち二首）

古楽府《がふ》道路六曲の一つ。人生行路の艱難辛苦《かんなんしんく》と離別悲傷をつぶさに歌うもので、〝君見ずや〟で始まるものが多い。古辞は失われているが、六朝・宋《そう》の鮑照《ほうしょう》にそれに擬《なぞ》らえた作品が多く、彼を敬愛する李白も三首を残している。そのうち二首を読んでみることにしましょう。

其一

金樽清酒斗十千
玉盤珍羞直万銭
停㆑杯投㆑箸不㆑能㆑食
抜㆑剣四顧心茫然
欲㆑渡㆓黄河㆒氷塞㆑川

其《そ》の一

金樽《きんそん》　清酒《せいしゅ》　斗《と》　十千《じっせん》
玉盤珍羞《ぎょくばんちんしゅう》　直《あたい》　万銭《ばんせん》
杯《さかずき》を停《とど》め　箸《はし》を投《な》げて　食《くら》う能《あた》わず
剣《けん》を抜《ぬ》き四顧《しこ》して　心《こころ》　茫然《ぼうぜん》
黄河《こうが》を渡《わた》らんと欲《ほっ》すれば　氷《こおり》　川《かわ》を塞《ふさ》ぎ

将レ登ニ太行一雪満レ山
閑来垂レ釣碧渓上
忽復乗レ舟夢ニ日辺一
行路難
行路難
多ニ岐路一
今安在
長風破レ浪会有レ時
直挂ニ雲帆一済ニ滄海一

将《まさ》に太行《たいこう》に登《のぼ》らんとすれば　雪《ゆき》は山《やま》に満《み》つ
閑来《かんらい》　釣《つ》りを垂《た》れん　碧渓《へきけい》の上《ほとり》
忽《たちま》ち復《ま》た　舟《ふね》に乗《じょう》じて　日辺《じっぺん》を夢《ゆめ》みん
行路難《こうろなん》
行路難《こうろなん》
岐路《きろ》　多《おお》し
今《いま》　安《いず》くにか　在《あ》る
長風《ちょうふう》　浪《なみ》を破《やぶ》るに　会《かなら》ず時有《ときあ》り
直《ただ》ちに雲帆《うんぱん》を挂《か》けて　滄海《そうかい》を済《わた》らん

○楽府《がふ》。「千《せん》、銭《せん》、然《ねん》、川《せん》、山《さん》、辺《へん》、難《なん》」は、上平《じょうひょう》十四寒《かん》、十五刪《さん》、下平《かひょう》一先《せん》の韻の通押《つうおう》。「在《ざい》、海《かい》」は、上声《じょうしょう》十賄《わい》の韻。

こがねの酒壺《さかつぼ》には、上等の酒がいっぱい、
玉《ぎょく》の皿には　おいしい珍味が山のよう。

だが、ごちそうを前に　杯を置き　箸《はし》も手につかず　とても食べる気がしない、
剣を抜いて　周りを見回し　茫然自失《ぼうぜんじしつ》のありさまだ。
黄河を渡ろうとすれば　氷が川をふさいでしまうし、
太行山に登ろうとすれば　雪が山を閉ざしてしまう。
しばらく閑居して渓川《たにがわ》のほとりで　釣り糸を垂れるとするか、
さすればたちまち　舟に乗って天子のおそばに召される夢を見るかもしれぬ。
行路難《こうろなん》、行路難。
分かれ道が多すぎる、今わたしは　どこにいるのか。
万里の大風に乗って波を乗り越え世に出るときは　きっと来るはずだ、
そのときこそ　雲のように走る帆を掛けて　青海原を渡っていこう。

❖　❖　❖　❖

▼正直な心情　行路難とは、まさに八方塞がりの状態に落ちこんでいる李白の気分を正直に謳《うた》った作品でしょう。仕官の道を求めても、望むような職にはありつけず、腕をふるいようがないことにいらだつ詩人は、目の前にある酒杯も呷《あお》らず、酒肴《しゅこう》にも手をつ

けず、腰の剣を抜きはなち、まわりを見渡して、焦るわが身をもてあましています。自分の才能には絶対の自負がある、それだのに、希望がなかなか実を結ばないという就職浪人の苦悩といえば、わかりやすいでしょう。けれども、彼はどんな逆境にあっても、あまり陰気にはならない人で、四顧《しこ》という動作で、焦燥の激しさをしめしながら、それで発散しているところがあるといえます。

其二

大道如㆓青天㆒
我独不㆑得㆑出
羞㆘逐㆓長安社中児㆒
赤鶏白狗賭㆗梨栗㆖
弾㆑剣作㆑歌奏㆓苦声㆒

其《そ》の二

大道《だいどう》青天《せいてん》の如《ごと》くなるに
我独《われひと》り出《い》づるを得《え》ず
長安《ちょうあん》社中《しゃちゅう》の児《じ》を逐《お》いて
赤鶏《せっけい》白狗《はっく》梨栗《りりつ》を賭《か》くるを羞《は》ず
剣《けん》を弾《だん》じ歌《うた》を作《つく》りて苦《にが》き声《こえ》を奏《そう》するも

曳二裾王門一不レ称レ情
淮陰市井笑二韓信一
漢朝公卿忌二賈生一
君不レ見昔時燕家重二郭隗一
擁レ彗折レ節無二嫌猜一
劇辛楽毅感二恩分一
輸レ肝剖レ胆効二英才一
昭王白骨縈二蔓草一
誰人更掃二黄金台一
行路難
帰去来

裾《すそ》を王門《おうもん》に曳《ひ》くは　情《こころ》に称《かな》わず
淮陰《わいいん》の市井《しせい》　韓信《かんしん》を笑《わら》い
漢朝《かんちょう》の公卿《こうけい》　賈生《かせい》を忌《い》む
君《きみ》見《み》ずや昔時《せきじ》の燕家《えんか》　郭隗《かくかい》を重《おも》んじ
彗《すい》を擁《よう》し　節《せつ》を折《お》りて　嫌猜《けんさい》無《な》きを
劇辛《げきしん》　楽毅《がっき》　恩分《おんぶん》に感《かん》じ
肝《かん》を輸《いた》し胆《たん》を剖《さ》きて　英才《えいさい》を効《いた》すを
昭王《しょうおう》の白骨《はっこつ》　蔓草《まんそう》縈《まと》うも
誰人《たれ》か　更《さら》に　黄金《おうごん》の台《だい》を掃《は》かん
行路難《こうろなん》
帰《かえ》り去来《ゆか》ん

○楽府。「出《しゅつ》、栗《りつ》」は、入声《にっしょう》四質《しつ》の韻。「声《せい》、情《せい》、生《せい》」は、下平八庚《こう》の韻。「隗《かい》、猜《さい》、才《さい》、台《だい》、来《らい》」は、上平十灰《かい》の韻。

天下の大道は　ひろびろとした青空のようなものだというのだが、
わたしだけはその道に踏み出すすべがない。
長安のチンピラたちと一緒になって、闘鶏だの狩猟だのと夢中になり
梨《なし》や栗《くり》を争って賭《か》けるのは　いかにもばかなことだった。
食客なのに刀のつかをたたいて待遇への不満をうたった馮驩《ふうかん》だったが、（それでも孟嘗君《もうしょうくん》は、ずっと召し抱えて彼を活躍させたのだ）、
あの鄒陽《すうよう》は、どこの国にでも召し抱えられる才能がありながら、（誠意を尽くして呉王濞《び》に仕え、あえて苦言《くげん》を述べ続け）心に背くことはしなかった。
淮陰《わいいん》の盛り場のつまらぬ若ぞうたちは　おのれの股下《またした》をくぐらせて　あの韓信をあざけった、
漢朝の大臣お偉方は　輝ける若き才能のあの賈誼《かぎ》をねたみそしった。
君は知っているだろう、昔　燕の国ではまず郭隗《かくかい》を重んじ　誠意を込めて賢士を迎えた、
そのために燕王自らほうきを取って掃除をしたほどで　それで君臣間の信頼と

絆《きずな》が固かったことを。
劇辛《げきしん》や楽毅《がっき》が王の信頼に深く感じ、真心からご恩に応《こた》えて
それぞれ力を尽くしたことを。
昭王の墓にはしかし　今や蔓草《つるくさ》がはびこり、
あの黄金台のあとをだれも掃除するものとてない。
人生の行路とはかくも険しいものなのか、
もう　わたしは国に帰ろう！

❖❖❖❖

▽闘鶏の流行　唐代貴族の陵墓に残された壁画からもわかるように、ポロ遊戯や闘鶏は唐代の遊びのひとつで、玄宗皇帝はそうした文化・娯楽・スポーツの育成や擁護にとりわけ熱心でした。いつの世でも、権力者の愛好するものは、下々の遊びや流行にもおおいに影響するもので、闘鶏見物

闘鶏（漢代の画像石）

も一種の社会的流行となり、闘鶏行事に関わるものが肩で風切るご時勢となりました。なかでも賈昌《かしょう》という男は、特別に皇帝専属の闘鶏隊グループ五百人のリーダーに取り立てられ、「毎日のように皇帝から金帛《きんぱく》の下賜《かし》があった」とか、「最大の国家儀式である泰山封禅《たいざんほうぜん》の大行事にも玄宗の命令で随行した」と記されるほどの出世ぶりであったといいます。長安の町に群がる男たちが闘鶏に熱中したのも当然の成り行きでした。李白も時に、その賭け事に加わったのでしょう。

◆民衆の間に、はやる言葉

「児《じ》を生むも文字を識《し》るを用いず、闘鶏走馬　読書に勝る——息子が生まれても勉強などさせることはいらぬ、闘鶏や馬乗りの腕さえあれば、学問などよりずっとよい」という歌が、当時の民間にはやりました。盛唐の時代風潮の一面をよくあらわしています。

また、ときめく楊貴妃への玄宗の寵愛《ちょうあい》ぶりをあてこすって、「男の子が生まれても兵隊にとられたらおしまいで、喜ぶにはあたらない、女の子ならいつか皇帝のお気に入りともなったりすれば、一族の栄華は思いのままになるのだから」といった歌がはやるのと同じ性質のものでした。それは、「なんとかうまく出世の糸口をつかんで、楽な暮らしがしてみたい」という、庶民のはかない願望をも示しながら、「いまや、まともな人物がまともに出世しにくい、変な世の中になってしまった」という、権力への痛烈な批判でもありました。

古風　其五

太白何蒼蒼
星辰上森列
去レ天三百里
邈爾与レ世絶

古風《こふう》　其《そ》の五

太白《たいはく》　何《なん》ぞ　蒼蒼《そうそう》たる
星辰《せいしん》　上《かみ》に　森列《しんれつ》たり
天《てん》を去《さ》ること　三百里《さんびゃくり》
邈爾《ばくじ》として　世《よ》と絶《た》つ

中有㆓緑髪翁㆒
披㆑雲臥㆓松雪㆒
不㆑笑亦不㆑語
冥棲在㆓巌穴㆒
我来逢㆓真人㆒
長跪問㆓宝訣㆒
燦然啓㆓玉歯㆒
授以㆓錬薬説㆒
銘㆑骨伝㆓其語㆒
竦㆑身已電滅
仰望不㆑可㆑及
蒼然五情熱
吾将㆘営㆓丹砂㆒

中《なか》に　緑髪《りょくはつ》の翁《おきな》有《あ》り
雲《くも》を披《き》て　松雪《しょうせつ》に臥《ふ》す
笑《わら》わず　亦《また》　語《かた》らず
冥棲《めいせい》して　巌穴《がんけつ》に在《あ》り
我《われ》　来《き》たりて　真人《しんじん》に逢《あ》い
長跪《ちょうき》して　宝訣《ほうけつ》を問《と》う
燦然《さんぜん》として　玉歯《ぎょくし》を啓《ひら》き
授《さず》くるに　錬薬《れんやく》の説《せつ》を以《もっ》てす
骨《ほね》に銘《めい》じて　其《そ》の語《ご》を伝《つた》え
身《み》を竦《そばだ》てて　已《すで》に電《いなずま》のごとく滅《き》ゆ
仰《あお》ぎ望《のぞ》むも　及《およ》ぶ可《べ》からず
蒼然《そうぜん》　五情《ごじょう》　熱《ねっ》す
吾《われ》　将《まさ》に丹砂《たんさ》を営《いとな》み

永与二世人一別上　　永《なが》く世人《せじん》と別《わか》れんとす

○五言古詩。「列《れつ》、絶《ぜつ》、雪《せつ》、穴《けつ》、訣《けつ》、説《せつ》、滅《めつ》、熱《ねつ》、別《べつ》」は、入声《にっしょう》九屑《せつ》の韻。

太白山は　なんと鬱蒼《うっそう》と　みどり濃いことよ、
その上にたくさんの星が　おごそかに並んでいる。
頂から天まで　わずかに三百里、
世俗の世界から　はるかに遠く離れている。
山中には　黒髪の翁《おきな》がいて、
雲を着物に　松に積もる雪をふしどに　修行の暮らし。
笑わず　また　語らず、
洞窟《どうくつ》の中に　ひっそり隠れ住む。
わたしは　仙人に会いに来て、
恭《うやうや》しくひざまずき　仙術の秘法を尋ねた。
仙人はにっこりと　玉《ぎょく》のように輝く歯を見せて笑い、

仙薬について教えてくれた。
骨に染み入るように教えてくれたかと思うと、
あっという間に身をそびやかし　稲妻のように素早く姿を消してしまった。
あわてて仰ぎ求めたが　もはや後の祭り、
途方に暮れて　この胸の中の思いを抑えることができなくなった。
今こそまさに　わたしは丹砂《たんさ》を錬る暮らしに入り、
永久に　浮世の人々に別れを告げよう。

❖❖❖❖

▼**太白山**　今の西安の西約百二十キロの眉《び》県からさらに南約二十五キロのところにある山。古来道教修行の聖地として崇《あが》められてきました。標高三千七百六十七メートルで、李白自身、この山に登ったことは、「太白峰に登る」の詩で知られているところです。

▼**遊仙へのあこがれ**　李白が若いときから遊仙にあこがれ、道教に強い関心を抱いていたことは、巻頭第一首の詩にすでに見えます。その「道教豆知識」を参照してください。この詩は、実際に太白峰に登った彼が、仙人の修行の地を訪れたときのものだと思

われます。

同時代の詩人岑参《しんじん》が、「太白《たいはく》の胡僧《こそう》（西域の地から来た僧侶《そうりょ》）の歌」に「太白の中峰《ちゅうほう》絶頂《ぜっちょう》に胡僧がいて、何百歳なのかわからない。眉《まゆ》の長さ数寸、絹などの衣を身に着けず、草や木の葉をまとうだけ」とか、また同じく常建《じょうけん》も「太白の西峰を夢みる」詩の中で、「夢寐《むび》　九崖《きゅうがい》に昇《のぼ》り、杳靄《ようあい》　元君《げんくん》に逢《あ》う――夢にまで見た九崖に昇り、霧の中で元君に逢った」などと歌っているのがそれです。太白峰には、今も道教の寺院があり、道士の生活をしている人たちが住んでいると聞きます。道教の奥義《おうぎ》に達した仙人を真人《しんじん》といいます。

◆仙丹

道教の士が、不老不死の薬を求めて、山の中で鉱物や植物の研究をしたことは、一方では化学物質の実験や採集と探求につながり、それが漢方薬の発達に寄与したともいわれています。

しかし、仙薬はやはり奇妙なものであったらしく、その処方箋《しょほうせん》のとおりに作ると劇薬が多いそうです。仙薬とはどんなものか、どんなふうに服用していたのか、なぜ服用する知識人がいたのかを知るうえで、魯迅《ろじん》の次の文章は示唆《しさ》に富んでいます。是非一読を薦めたいと思います。「魏晋《ぎしん》の風度《ふうど》および文章と、薬および酒の関係」(『魯迅全集』五巻、『而已集』学習研究社　一九八五年)。(「風度」は多義的なことばですが、ここでは風格としてよいでしょう。)

また、イギリスの著名な東洋学者のA・ウェイリーの著書『李白』(小川環樹・栗山稔訳　岩波新書　一九七三年)には、道教徒としての李白について、すぐれた指摘があります。

◈再起を求めて漫遊する

魯郡東石門
送㆓杜二甫㆒
酔㆑別復幾日
登臨遍㆓池台㆒
何時石門路
重有㆓金樽開㆒
秋波落㆓泗水㆒
海色明㆓徂徠㆒

魯郡《ろぐん》の東石門《とうせきもん》にて
杜二甫《とじほ》を送《おく》る
別《わか》れに酔《よ》うこと　復《ま》た幾日《いくにち》ぞ
登臨《とうりん》は　池台《ちだい》に遍《あまね》し
何《いず》れの時《とき》にか　石門《せきもん》の路《みち》にて
重《かさ》ねて金樽《きんそん》の開《ひら》くこと有《あ》らん
秋波《しゅうは》　泗水《しすい》に落《お》ち
海色《かいしょく》　徂徠《そらい》に明《あか》るし

飛蓬各自遠　　飛蓬《ひほう》　各自《かくじ》　遠《とお》し
且尽手中杯　　且《か》つは　尽《つ》くせ　手中《しゅちゅう》の杯《はい》

○五《ご》言律詩《ごんりつし》。「台《だい》、開《かい》、徠《らい》、杯《はい》」は、上平《じょうひょう》十灰《かい》の韻。

別れを惜しんで　君といったいもう何日酔っ払ったことか、
かたっぱしから　いろんな池を巡り　台《うてな》に登ったことだね。
またいつになったら　この石門のみちで、
再び酒壺をあけて　酌み交わせることだろう。
秋の夕日が泗水《しすい》に落ちて　川面《かわも》の波は澄み渡り、
徂徠《そらい》山の上空にはまだ、明るい光が残っている。
これからは風のまにまに飛ぶ蓬《よもぎ》さながら　それぞれに遠くさすらう身とはなる、
まずはこの手の中の杯を干そうじゃないか。

❖　❖　❖　❖

▼男の友情　唐代の抒情詩のうち、知識人・支配階級に属する男性同士の友情を歌う

ものはとても多いといえます。西洋文学がエロスを歌うのを中心とするのに比べるとかなり異質で、「唐詩は男の友情の世界を歌う」とは、吉川幸次郎博士の指摘されたところですが、まさしくこの二人の詩は、打算や虚飾などとは無縁の、「浪人男」同士の友情を示すものだったといえるでしょう。

二人の出会いの時間は短いものでしたが、中身の濃い交わりであって、ともに山東に逗留《とうりゅう》し、山水清遊の時間を楽しみました。のちには、中国をもっとも代表する詩人とされる二人ですが、このときの李白はすでに四十五歳、その前年に長安の宮廷から追い出されたままの失業者でしたし、杜甫は十一歳下の三十四歳、科挙の試験に失敗ばかりの無冠の身でした。二人に共通するのは、政治社会に参加し、詩文の才能によって世の中に貢献しようとする強い意志だったといえるでしょう。この時代の知識人にとって、科挙の試験に合格すること、そして仕官した上で、理想の政治に参画することが、共有の目的だったことになります。

丁都護歌

雲陽上征去
両岸饒二商賈一
呉牛喘レ月時
拖レ船一何苦
水濁不レ可レ飲
壺漿半成レ土
一唱二都護歌一
心摧涙如レ雨
万人鑿二盤石一
無レ由レ達二江滸一

丁都護《ていとご》の歌《うた》

雲陽《うんよう》 上征《じようせい》して去《い》く
両岸《りようがん》 商賈《しようこ》 饒《おお》し
呉牛《ごぎゆう》 月《つき》に喘《あえ》ぐ時《とき》
船《ふね》を拖《ひ》くこと一《いつ》に何《なん》ぞ苦《くる》しき
水《みず》は濁《にご》りて 飲《の》む可《べ》からず
壺漿《こしよう》 半《なか》ば土《つち》と成《な》る
一《ひと》たび都護《とご》の歌《うた》を唱《うた》えば
心《こころ》摧《くだ》けて 涙《なみだ》は雨《あめ》の如《ごと》し
万人《ばんにん》 盤石《ばんせき》を鑿《うが》つも
江滸《こうこ》に達《たつ》するに由《よし》なし

君看石芒碭
掩㆑涙悲㆓千古㆒

君看《きみみ》よ　石《いし》の芒碭《ぼうとう》たるを
涙《なみだ》を掩《おお》いて　千古《せんこ》を悲《かな》しむ

○五言古詩《ごごんこし》。「去《きょ》、賈《こ》、苦《く》、土《ど》、雨《う》、滸《こ》、古《こ》」は、去声《きょしょう》六御《ぎょ》、上声《じょうしょう》七麌《ぐ》の韻の通押《つうおう》。

雲陽《うんよう》を北に向かってえいえいと　長途の旅を続ける曳船《ひきぶね》の人夫たち（苦しそうに身をかがめて土手の上をいく）、
運河の両岸には　商いに精出す者たちが大勢群れていて（人夫の苦しみなどどこ吹く風かと忙しそうだ）。
呉《ご》の牛さえも喘《あえ》ぐ暑さだ、
重い船を引く仕事はどんなにつらいことだろう。
水は濁《にご》って飲むこともならぬ、
壺《つぼ》に入れても、半分は泥だ。
人夫たちが歌う「都護の歌」を聞くだけで、

胸が押しつぶされそうに悲しくなって　涙があふれてくる。
幾万と知れぬ人が駆り出され　切り出してきた大きな石だ、
その石を運ぶには、船がなければ長江のほとりまでたどり着けはしないのだ。
見てごらん　石はごろごろ山積みだ、
こうした苦役《くえき》が　千年の昔から続いているかと思うと　わたしは涙が止まらない。

❖❖❖❖

▼丁都護歌　この「丁都護歌」(南朝楽府《がふ》呉声《ごせい》歌曲の曲名)は、もともとは丁旿《ていご》という役人の名を題名にした民謡でした。もと歌は伝わっていないのですが、その後、都護に徴発されて出征する夫を見送る妻の、夫婦が引き裂かれる恨みをこめて謳《うた》うものになりました。

李白はその曲を借りて、暑い季節に働く船曳《ふなひ》き労働者の姿を歌うのです。七四七(天宝六)年のころ、呉・越のあたりを旅行したおりに、雲陽(今の江蘇《こうそ》省丹陽《たんよう》県。杭《こう》州から北京《ペキン》への大運河の通過地点の一つ)で作ったものだろうとされています。

▼呉牛《ごぎゅう》月に喘《あえ》ぐ　呉牛は水牛で、「月を見ても太陽と勘違いして、ぜいぜいあえぐ」という。ものごとを過度におそれるたとえに使われます。

◆苦役の船曳き

ロシア民謡の「ボルガの船曳き歌」を思わせる作品です。動力エネルギーのなかった時代、ことに水の流れに逆らう綱曳き船は、大勢の人力に頼らなければなりませんでした。石を運搬する苦役に駆り出されているのは、おそらく徭役《ようえき》（義務労働の一種）の農民たちだったでしょう。歴代王朝の土木工事は、こうした労働力によって支えられてきました。土木工事には、庶民にもその利益が還元される水利目的のようなものから、支配者の贅沢を支え権力を誇るための宮殿や巨大な墓の造営まで、さまざまでありましたが、李白が見たのは、どんな用途の石だったかはわかりません。どこへ何のために運ばれていったかはわからずとも、厳しい監督のもとで、こき使われている農民にとっては、苦しいものであったに違いありません。李白がここで、さりげなく対比しているのは、両岸の市場で大勢働いている商人たちの姿です。

唐代の身分制度として、「士・農・工・商」という階級区別がありました。人口でもっとも基本となる農民層は、工・商階級より上層だとされましたが、定着人口で数が多いだけに、彼らに対する租税制度は、整備された厳しいものでもあったようです。

①租《そ》（耕作面積に割り当てて、穀物を取り立てる）

②庸《よう》（一定期間の労役に従わせる、または、代わりに絹を納めさせる）

③調《ちょう》（家内生産の絹、布を取り立てる）

の三規定がありましたが、それ以外にも徭役があり、人夫として徴発・労役に従事させられるのでした。農民は、最下層の商人階級と比べると自由度は少なく、いろいろと不当に扱われることも多かったのです。

それに引き換え、支配階級に属する「士」は、免税・兵役免除の特典に浴していました。また豊かな商人階級は金納ですませ、庸を免じられることが多く、不公平は大きかったといいます。長期の徭役が重なると、農民の生活は破壊され、農地が荒れるのは避けられないのです。

唐代中国を手本とした江戸幕府の徳川家康は、その「士農工商」の区分を学んだといわれます。それを考えると、この詩の状況についても理解が深まるでしょう。

将進酒

将進酒《しょうしんしゅ》

この詩は、七五二（天宝十二）年、李白が嵩《すう》山の友人元丹丘《げんたんきゅう》のところで作ったとされます。もっと若いころの、七三五（開元二十三）年、三十五歳の作とする説もあります。「将進酒《しょうしんしゅ》」はもと漢楽府《かんがふ》の曲調で、飲酒放歌《いんしゅほうか》の姿を描いたものが多く、この詩もその古辞《こじ》に近いものです。長編なので、分けて読んでみることにしましょう。

君不ㇾ見黄河之水天上来
奔流到ㇾ海不二復回一
君不ㇾ見高堂明鏡悲二白髪一
朝如二青糸一暮成ㇾ雪
人生得ㇾ意須ㇾ尽ㇾ歓
莫ㇾ使二金樽空対一ㇾ月

君見《きみみ》ずや　黄河《こうが》の水《みず》は天上《てんじょう》より来《き》たり
奔流《ほんりゅう》して海《うみ》に到《いた》り　復《ふたた》び回《かえ》らざるを
君見《きみみ》ずや　高堂《こうどう》の明鏡《めいきょう》　白髪《はくはつ》を悲《かな》しみ
朝《あした》には青糸《せいし》の如《ごと》きも　暮《く》れには雪《ゆき》と成《な》るを
人生《じんせい》　意《い》を得《え》なば須《すべか》らく歓《かん》を尽《つ》くすべし
金樽《きんそん》をして空《むな》しく月《つき》に対《たい》せしむる莫《な》かれ

○楽府《がふ》。「来《らい》、回《かい》」は、上平《じょうひょう》十灰《かい》の韻。「髪《はつ》、雪《せつ》、月《げつ》」は、入声《にっしょう》六月《げつ》、九屑《せつ》の韻の通押《つうおう》。

君は見ただろう、黄河の水は天のかなたからやってきて、
飛ぶがごとくに海に流れて　二度とふたたび帰ってはこないことを。
君は見ただろう、りっぱな座敷で鏡を手にする人が　しらが頭を嘆くのを、
朝には黒髪だったのに　夕方にはもう雪のように真っ白だと。
人生なんてそんなもの　楽しめるときには思う存分楽しむべきなのだ、
こがねの酒つぼを　むなしく月にさらしておくなかれ。

天生㆓我材㆒必有㆑用　天《てん》の我《わ》が材《ざい》を生《しょう》ずるは　必《かなら》ず用有《ようあ》り
千金散尽還復来　千金散《せんきんさん》じ尽《つ》くせば　還《ま》た復《ま》た来《き》たらん
烹㆑羊宰㆑牛且為㆑楽　羊《ひつじ》を烹《に》　牛《うし》を宰《さ》き　且《か》つ楽《たの》しみを為《な》し
会須㆓一飲三百杯㆒　会《かなら》ず須《すべか》らく　一飲《いちいん》　三百杯《さんびゃっぱい》なるべし

岑夫子　丹丘生
進レ酒君莫レ停
与レ君歌二一曲一
請君為レ我傾レ耳聴
鐘鼓饌玉不レ足レ貴
但願二長酔一不レ用レ醒
古来聖賢皆寂寞
惟有三飲者留二其名一

岑夫子《しんふうし》　丹丘生《たんきゅうせい》
酒《さけ》を進《すす》む　君《きみ》　停《とど》むること莫《な》かれ
君《きみ》が与《ため》に一曲《いっきょく》を歌《うた》わん
請《こ》う君《きみ》　我《わ》が為《ため》に耳《みみ》を傾《かたむ》けて聴《き》け
鐘鼓《しょうこ》　饌玉《せんぎょく》　貴《とうと》ぶに足《た》らず
但《た》だ　長《なが》く酔《よ》うを願《ねが》いて　醒《さ》むるを用《もち》いず
古来《こらい》　聖賢《せいけん》　皆《みな》　寂寞《せきばく》
惟《た》だ飲者《いんじゃ》の其《そ》の名《な》を留《とど》むる有《あ》り

○「来《らい》、杯《はい》」は、上平十灰の韻。「生《せい》、停《てい》、聴《てい》、醒《せい》、名《めい》」は、下平《かひょう》八庚《こう》、九青《せい》の韻の通押。

天が　わたしという人間をこの世に送り出したからには　必ず使い道があってのことだろう、

千金なんぞ　使い果たしたとて　またいつか回《かえ》ってくるものだ。
羊や牛のごちそうを食べて　まずは楽しくやろうじゃないか、
一気にどんと三百杯　豪気《ごうき》に痛飲《つういん》といこうじゃないか。
岑《しん》さんよ、丹丘《たんきゅう》さんよ、
さあさあ　杯を受けてくれたまえ。
きみたちのために一曲歌おう、
どうか　耳を澄まして聴いてくれたまえ。
金持ちたちのぜいたくなんて　ちっとも羨《うらや》ましいことなどあるものか、
一番の願いといえば　こうして酔っ払って　ずっと醒《さ》めずにいることさ。
昔から聖人賢者というけれど　どいつもみんなはかないものだ、
それに比べりゃ酒飲みだけは　歴史にその名を残しているよ。

陳王昔時宴㆓平楽㆒　　陳王《ちんおう》昔時《せきじ》平楽《へいらく》に宴《えん》し
斗酒十千恣㆓歓謔㆒　　斗酒《としゅ》十千《じっせん》歓謔《かんぎゃく》を恣《ほしいまま》にす

主人何為言レ少レ銭
径須ニ沽取対レ君酌一
五花馬
千金裘
呼レ児将出換ニ美酒一
与レ爾同銷万古愁

主人《しゆじん》　何為《なんす》れぞ　銭《せん》少《すく》なしと言《い》うや
径《ただ》ちに須《すべか》らく　沽取《こしゆ》して　君《きみ》に対《たい》して
酌《く》むべし
五花《ごか》の馬《うま》
千金《せんきん》の裘《かわごろも》
児《じ》を呼《よ》び　将《も》ち出《い》だして　美酒《びしゆ》に換《か》えしめ
爾《なんじ》と同《とも》に銷《け》さん　万古《ばんこ》の愁《うれ》い

○「楽《らく》、謔《ぎやく》、酌《しやく》」は、入声十薬《やく》の韻。「裘《きゆう》、愁《しゆう》」は、下平十一尤《ゆう》の韻。

才能優れたあの陳王《ちんおう》（魏《ぎ》の曹植《そうしよく》）殿も　その昔　平楽観で大散財、
極上の美酒を楽しんで　思う存分騒いだそうだ。
あるじは　金が足りぬなどと　どうして言ったりするものか、
すぐさま買いに走らせて　きみたちになみなみついで回るとしよう。
五花の馬に

千金の裘《かわごろも》。
下男に持たせて美酒の酒代《さかて》だ、
さあさあ　その酒で　きみたちと　万古の愁《うれ》いを吹き飛ばそうぜ。

❖❖❖❖

▽**盛唐の気風**　豪快な酒飲み賛歌です。まずは、人生の短さ、あわただしさをいい、楽しむべきときに思いっきり楽しむべしと。またさらに、富や名誉はつまらないものとし、飲酒の悦楽をこそ永遠とする生き方に徹せよ、というのです。そういう主張を述べながら、一方で才能豊かな人材が、世に認められずに捨て置かれていることへの憤懣《ふんまん》を隠しません。奔放でありながら微妙に揺れる心理を正直に表現した作品といってよいでしょう。

李白の楽府詩にはおおむねこうした特徴があって、一面でははなやかな盛唐時期ではあっても、必ずしも納得しえない境遇におかれた人々の心理的なかげりや、一方でまた、それを上回る豪快な楽天性を発散させている様子などが、よく伝わってきます。

▽**万古の愁い**　李白は、〝万古〟という語をよく使います。索引には、二十四例があがっていますが、その中で〝愁い〟と続くのはこの詩だけです。万古とは、計り知れな

い時間をいう語で、単にいにしえ（古）の時間のみをいうのではなく、未来にわたる時間を包含したものでしょう。ただ、〝万〟の字を愛用するときの李白は、必ずしもそれほど深い意味を持たせているわけではありません。それらに比べると、この〝万古の愁い〟の万は、〝万里の情〟の万とは明らかに違うでしょう。一瞬の悦楽の中にも永遠に続く愁いを意識せずにいられない詩人はつらいのではないでしょうか。李白の精神は、人間が生きてあることへの不信にも傷ついているようにみえます。

◆エッセイ五花の馬

唐代の都長安が世界一の繁栄を誇っていたころ、宮廷所有の馬は六十万匹（太宗時代）とか四十万匹（玄宗時代）とかの多きを誇っていたようで、皇帝がそうなら諸王も劣らじとばかりに、きそって馬マニアになったという。太平楽の時代とあれば、軽い裘《かわごろも》、肥えた馬、つまり上質の毛皮と高級車に人びとが凝るというのは、昔も今もちっとも変わらないわけだ。

ところで、皇帝愛用の名馬は、照夜白とか玉花驄《ぎょくかそう》とかの名で知られていたというが、漢字のお国柄のこととて、それにはちゃんと意味があって、照夜白は夜目にもかがやくばかりの白馬だろうとわかるのである。しかし、詩人もよく歌う三花馬とか五花馬、九花虬《きゅうかきゅう》といった馬はどんな馬なのか、注釈をよんでもどうもはっきりしないうらみがあった。例えば、「五花の馬　千金の裘を売って酒にかえ、君と一緒にのみあかそう」（李白）にしても、なかなか臨場感がつかめず、これまで私にはあまりよくわからなかったのだ。それが、展覧会場でいくつもの馬俑《ばよう》をみることで一ペンに納得がいった。並んでいる馬俑のヘアスタイル、即ちタテガミファッション一つとっても、なんとバラエティに富んでいることか、思わず私は「コレヤ！」と叫んだのであった。まことにモノの威力と申すべしである。

片側に全部ぴったり流して梳《す》きつけ、お下げのように編んだとみえるもの、モヒカン刈り風に上におったて短くカットしたもの、カラーリングしたもの、前髪？を結いあげたもの、刺繡《ししゅう》入りの布を被《かぶ》せたもの、ウエーブをかけたもの、とにかくあれこれ手がこんでいて呆《あき》れるばかりに今様である。あたかもペットデザイナーの手で美容を施されたワン公そっくり。かくの如《ごと》くリボンやポンチョで飾り立てられたペットなら有閑マダムがよく似合うなどと思っていると、おあつらえ向きの像まであった。つば広のしゃれた帽子を水平にかぶり、スカーフを首にまきつけた貴婦人が颯爽《さっそう》たる騎馬姿ではるか遠くを眺《なが》める如く馬上に坐《すわ》っている。彼女の愛馬はことのほかにぎやかで、斜めに長く切りそろえたタテガミや口のまわり、ひづめのまわり、おまけにボディの両側にまで朱色の染めつけがある。馬だというのにまるで口紅をひいたような口、近ごろはやりのクレオパトラ風パーマセットのタテガミ、さらに布で短く結びあげた尻尾《しっぽ》もそれなりの流行型らしく、まるで美容コースのすべてを実践したとみえるよそおいなのだ。ペットはペットでも、当時の馬は高級自家用車、特別のステータス・シンボルである。誇らかに乗りまわすべく、ファッション感覚はいやが上にもみがきがかかり、それが又いやが上にも遊び心をかきたてたのであろう。全く、「ヤルウ!」といわせるばかりである。

図録によると、三彩三花馬の三花とは、タテガミを短くカットしながら、アクセントに三か所、マッチ箱分くらい突出させたヘアスタイルをさすらしい。花はかざりとか模様という意味である。三花とは三か所、あるいは三種のアクセントということになろうか。五花、九花となると、あるいはタテガミだけでなく、さきのようにヘアダイ、マニキュア、ルージュ、ボディペインティングなどの多様な化粧を施したのをいうのかもしれない。唐代の長安に馬専門の美容師がいたのかどうかわからないが、この様子ではきっといたに違いないと私は思う。女俑のヘアスタイルの多彩さを生んだ美容術の盛行が馬に及ばぬはずはないだろうから。

馬俑をみていると飼い主たちが下僕に命じて愛馬ファッションをきそった様子がほうふつとする。かくて李白が酒に換えようと歌ったあの五花馬も、たちまち生気を帯びてきらびやかに駆け出すように思われる。但《ただ》し、李白が売りとばせるのは五花馬までだったろう。九は皇帝専用の数字だから、九花虬は宮廷厩舎《きゆうしや》にご安泰という次第。

現代のわが日本のダンプの中にも照明つき満艦飾で風をきっているのがある。あの浮世絵風や天下御免の装飾文字もいうなれば、三花、五花の流れを汲《く》むもの、迷彩なんぞとちがって実用と無縁な遊びの精神である。太平の眺《なが》めというべきであろう。

「五花の馬　馬のファッションはいろいろだった」

（『兵庫・神戸・三宮センター』〈六甲台通信〉一九八五年五月）

古風 其九

荘周夢㆓胡蝶㆒
胡蝶為㆓荘周㆒
一体更変易
万事良悠悠
乃知蓬萊水
復作㆓清浅流㆒
青門種㆑瓜人
旧日東陵侯
富貴故如㆑此
営営何所㆑求

古《こ》風《ふう》 其《そ》の九

荘周《そうしゅう》 胡蝶《こちょう》となるを夢《ゆめ》み
胡蝶《こちょう》は 荘周《そうしゅう》と為《な》る
一体《いったい》 更《こも》ごも 変易《へんえき》し
万事《ばんじ》 良《まこと》に 悠悠《ゆうゆう》たり
乃《すなわ》ち知《し》る 蓬萊《ほうらい》の水《みず》も
復《ま》た 清浅《せいせん》の流《なが》れと作《な》るを
青門《せいもん》に 瓜《うり》を種《う》うる人《ひと》は
旧日《きゅうじつ》の 東陵侯《とうりょうこう》なり
富貴《ふうき》 故《もと》より此《か》くの如《ごと》し
営営《えいえい》 何《なん》の求《もと》むる所《ところ》ぞ

○五言古詩。「周《しゅう》、悠《ゆう》、流《りゅう》、侯《こう》、求《きゅう》」は、下平《かひょう》十一尤《ゆう》の韻。

荘周は夢を見た　ちょうちょうになってひらひらと飛んでいた、
覚めてみたら　ちょうちょうは　また荘周に戻っていた。
一つのものがこもごも変化していく、
世の中すべて　ほんとうにこれと決まったものは何もない。
そうか、わかったぞ　あの蓬萊の島を浮かべている東海だとて、
またまたいつか　浅い流れになってしまうということなのだ。
青門の外で　瓜を作っている人だって、
昔は東陵侯と呼ばれたお人だったのだから。
富貴なんて　もともと　こうしたものさ、
あくせくして　何をそんなに求めようとするのか。

❖ ❖ ❖ ❖

▽達生者《たつせいしゃ》の言葉

いつのことだったか、ひと寝入りした荘子は、夢の中で一匹の胡蝶《こちょう》

となっていた。ひらひらと空を舞う胡蝶！　彼はなんともいえず楽しい気持ちになって、胡蝶の自由を心適《こころゆ》くばかりひらひらと舞っていた。自己が夢に胡蝶となっている事も忘れて。やがて彼はふと目がさめた。彼はその目ざめの中で、まぎれもなく荘周である彼自身に返る。しかし我に返った荘周は、はてなと考えてみる。一体、いま目覚めているこの自分は何であろう。このいま目覚めている自分が胡蝶となった夢を見ていたのか、それとも、今までひらひらと舞っていた胡蝶が夢の中で今、人間となっているのであろうかと……。

荘子にとっては、夢も現実も、それを「分有《ぶんあ》り」とみるのは人間の分別であって、実在の世界では、いわゆる夢も、いわゆる現実も、道——真実在——の一持続にすぎない。……美も亦《また》よく、醜も亦よく、生も亦よく、死も亦よく、夢も亦よく、現実も亦よく、人間であることも亦よく、胡蝶であることも亦よい。いっさいの境遇をよしとして肯定する荘子は、この（斉物論《せいぶつろん》）篇《へん》の冒頭の南郭子綦《なんかくしき》と共に、万籟《ばんらい》のひびきを天籟《てんらい》として聞いているのである。

（福永光司『荘子』「中国古典選」朝日新聞社　一九五六年）

元《げん》の蕭士贇《しょうしいん》は、「この詩　達生者の辞《ことば》なり——生について広く道理に通じた人の言葉だ」と述べています。確かに、人生の諸相を見据えてのちの、ある種の悟りに到達した人の言葉だとはいえるでしょう。この詩、いつごろの作なのかはよくわかりません。ただ、彼の経歴から見て、おそらくは宮仕えに失敗した天宝三載（天宝年間の三年から十四年までは、〇年とは呼ばず、〇載と称した）以後のものだろうと思われます。もちろん、一つの悟りを述べたからといって、完全に安心立命できたわけではないでしょう。「人は一生迷う」、その点では李白もまた人であったからです。

哭二晁卿衡一

日本晁卿辞二帝都一
征帆一片繞二蓬壺一
明月不レ帰沈二碧海一
白雲愁色満二蒼梧一

晁卿衡《ちょうけいこう》を哭《こく》す

日本《にほん》の晁卿《ちょうけい》　帝都《ていと》を辞《じ》し
征帆《せいはん》一片《いっぺん》　蓬壺《ほうこ》を繞《めぐ》る
明月《めいげつ》帰《かえ》らず　碧海《へきかい》に沈《しず》み
白雲《はくうん》愁色《しゅうしょく》　蒼梧《そうご》に満《み》つ

○七言絶句《しちごんぜつく》。「都《と》、壺《こ》、梧《ご》」は、上平《じょうひょう》七虞《ぐ》の韻。

日《ひ》の本《もと》の晁衡殿《ちょうこう》は　我が国の都長安に別れを告げて　お国に帰られた、けれども　遠くに旅立った船は　蓬莱《ほうらい》の島の近くで　波にのまれた。明月のようなお方は　青海原《あおうなばら》の藻屑《もくず》と消えて　国に帰ることはかなわなかった、白い雲が悲しみをたたえて　蒼梧の空を覆っているよ。

❖　❖　❖　❖

▽蒼梧　古代の帝、舜《しゅん》が死亡したという土地。その死を人々が悼《いた》んだという表現です。

▽阿倍仲麻呂と唐朝　これは阿倍仲麻呂《あべのなかまろ》の死を悼んだ詩としてよく知られています。日中交流の歴史に名高い阿倍仲麻呂（六九八―七七〇）は、七一六年、十九歳のときに第九次の遣唐使に随行する遣唐学生《がくしょう》に選ばれ、翌七一七（開元五）年三月に渡海、このときには遣唐押使《けんとうおうし》の多治比県守《たじひのあがたもり》、大使の阿倍安麻呂、副使の藤原宇合《ふじわらのうまかい》たちに率いられた総勢五五七人が、四艘《そう》の船に分乗して難波《なにわ》を出発、その年に長安入りしました。同行の留学生の中に、後に有名となる吉備真備《きびのまきび》、大和長岡《やまとのながおか》、玄昉《げんぼう》らがいました。当時の留学生は日本から国費の留学資金を受けてはいましたが、唐王朝では留学費や宿舎・衣食など

の滞在費用はすべて無料という恩恵を受けていたのです。すでに現在の留学生優遇制度と同じシステムがあったことになります。

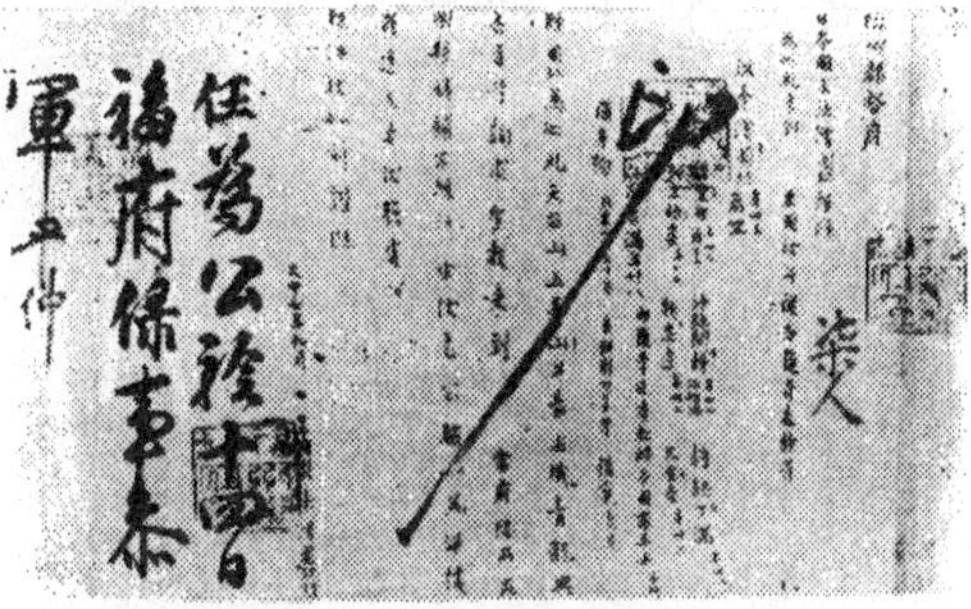
日本遣唐僧円珍ら七人に発給されたパスポート

仲麻呂は大学卒業後、玄宗の王朝に仕え、順調に昇進し、入唐三十六年の後には国立国会図書館長（秘書監、従三品）・宮門《きゅうもん》護衛長官（衛尉《えいい》長官、同三品）兼務の高位にのぼりました。外国人であっても、優秀な人材には開かれた王朝であったことを示すものでした。七三三年に一度、帰国したいと願ったのですが、玄宗が許可しなかったといいます。七五三年の冬、第十一次遣唐使の帰国に際して願い出て、ようやく藤原清河《きよかわ》の一行とともに帰国の途についたのでした。時に五十六歳でした。その帰国に先立って、都の著名な詩人王維《おうい》、趙驊《ちょうか》、包佶《ほうきつ》らが、彼に送別の詩を贈っており、仲麻呂もまた、「命《めい》を銜《う》けて国に還《かえ》るの作」と題する五言排律《ごごんはいりつ》を友人たちに贈りました。〝命を銜ける〟とは、玄宗皇帝の使者として行くという意味です。

長安から揚子江の下流近い蘇州まで来て乗船したのですが、一行は不運にも嵐にあって、船団がばらばらになり、第一船だった仲麻呂の船は安南（ベトナム）の驩《かん》州に漂着しました。その一年半後に、陸路長安に帰り着き復職しましたが、ついに日本への帰国はかなわず、七十三歳で長安に没しました。このときの四艘の遣唐使船のうち、あとの三艘が日本にたどり着いたのもそれぞれ別の地で、副使大友古麻呂《おおとものふるまろ》の船に乗っていた鑑《がん》真和尚《じんわじょう》は、渡海挑戦五度目で、ようやく日本の土を踏んだのでした。三分の一は生きて帰れないといわれたとおり、当時の航海は命がけでした。

仲麻呂の船が難破して沈没し、彼も死んだという知らせが伝わったのを聞いて、李白はこの哀悼の詩を作りました。李白は彼の生還の知らせを聞くことはなかったのか、その後のことを歌った詩は残っていませんが、この詩は日中文化交流の歴史を伝える貴重な資料の一つといえます。

もう一つ、余談を付け加えますと、仲麻呂は帰国に際して李白の友人に、日本の布を贈って別れたらしく、「王屋山人魏万《おうおくさんじんぎばん》の王屋に還《かえ》るを送る、ならびに序」と題する李白の詩が残っています。その中に「身には日本の裘《かわごろも》を着る」という句があって、自注に「裘則朝卿所贈日本布為之――ベスト風の上着（たぶん真綿をいれたもの）は仲麻呂がくれた日本の布で作ったもの」と書いているからです。日本から贈り物用に持ってきたのか、それとも後から来た日本人にもらったのかはわかりませんが、帰国に際してそれらをすべて人に贈るのは、よくある例なので、魏万に記念として贈ったことは十分ありうると、現代の注釈者は言います。どの程度の付き合いだったかは不明ですが、李白もまた江南のどこか揚州の近くで、仲麻呂を直接送別した可能性もあると。あるいはそうかもしれません。李白が書き残した注は、日中の交流を語るエピソードだといえるでしょう。

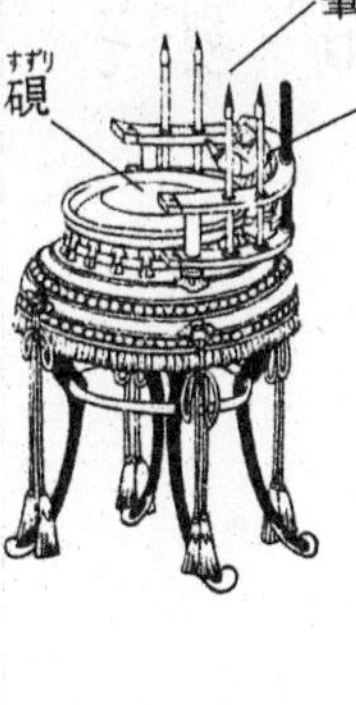

宣州謝朓楼餞二
別校書叔雲一

棄レ我去者
昨日之日不レ可レ留
乱二我心一者
今日之日多二煩憂一
長風万里送二秋雁一
対レ此可三以酣二高楼一
蓬萊文章建安骨
中間小謝又清発
倶懐二逸興一壮思飛

宣州《せんしゅう》 謝朓楼《しゃちょうろう》にて
校書叔雲《こうしょしゅくうん》に餞別《せんべつ》す

我《われ》を棄《す》てて去《さ》る者《もの》は
昨日《きのう》の日《ひ》 留《とど》むる可《べ》からず
我《わ》が心《こころ》を乱《みだ》す者《もの》は
今日《きょう》の日《ひ》 煩憂《はんゆう》多《おお》し
長風万里《ちょうふうばんり》 秋雁《しゅうがん》を送《おく》る
此《これ》に対《たい》して以《もっ》て高楼《こうろう》に酣《たけなわ》なる可《べ》し
蓬萊《ほうらい》の文章《ぶんしょう》 建安《けんあん》の骨《ほね》
中間《ちゅうかん》の小謝《しょうしゃ》 又《また》 清発《せいはつ》
倶《とも》に逸興《いつきょう》を懐《いだ》きて 壮思《そうし》 飛《と》ぶ

欲下上二青 天一覧中明 月上
抽レ刀 断レ水 水更流
挙レ杯 消レ愁 愁更愁
人生 在レ世 不レ称レ意
明朝 散髪 弄二扁舟一

青天《せいてん》に上《のぼ》りて　明月《めいげつ》を覧《と》らんと欲《ほっ》す
刀《かたな》を抽《ぬ》きて水《みず》を断《た》てば　水更《みずさら》に流《なが》れ
杯《さかずき》を挙《あ》げて愁《うれ》いを消《け》せば　愁《うれ》い更《さら》に愁《うれ》う
人生《じんせい》　世《よ》に在《あ》りて　意《い》に称《かな》わざれば
明朝《みようちよう》　散髪《さんぱつ》して　扁舟《へんしゆう》を弄《ろう》せん

〇古詩雑言体《こしざつげんたい》。「留《りゅう》、憂《ゆう》、楼《ろう》」は、下平《かひょう》十一尤《ゆう》の韻。「骨《こつ》、発《はつ》、月《げつ》」は、入声《にっしょう》六月《げつ》の韻。「流《りゅう》、愁《しゅう》、舟《しゅう》」は、下平十一尤の韻。

わたしを捨てて去りゆくもの、
それは昨日《きのう》という時間　引き留めようがない。
わたしの心を乱すもの、
それは今日《きょう》という日　いらだち憂うことの多い時間よ。
はるか万里のかなたから風にのって秋の雁がわたって来たよ、
この大空を仰ぎながら　高殿で大いに酒盛りを楽しもうではないか。

君は蓬莱宮の優れた文学の士、
わたしもまたあの謝朓のように　淡泊風雅　世俗を離れて生きる詩人だ。
ともに大いなる風流への思いを胸に　意気盛んな思いをはせて、
晴れ渡った空に昇り　明月をつかみたいと願ってはいるのだが。
だが　刀を抜いて水を断ち切ってみても　水はやはり流れ、
杯を高く挙げて飲み干しても　憂いはやはり憂いのままに残るのみ。
この世にあっても　思いにかなうことはないとすれば、
明日《あす》こそは　朝早く髪をほどいて小舟に乗り、世間を捨ててしまいたいもの。

❖　❖　❖　❖

▼失意の境遇を同じくする人とともに

不遇のなかで、自己の才能への自負とうらはらに、報われない焦りと苦しみに、遁世《とんせい》の思いを述べる李白。

この詩、題名を「侍御の叔華《しゆくか》に陪して楼に登る歌」とする説があります。叔華、すなわち李華《りか》は有名な散文家で、七五二（天宝十一）年には監察御史《かんさつぎよし》（官吏《かんり》監視官）の官職にありました。とすれば、この詩は、七五三年の秋、李華が宣州に来たとき、または上元年間（七六〇—七六二）、長江をさかのぼって西に向かい、岳陽に泊まったことがあるので、そのどちらの時期かはわからないのですが、李白が李華と出会って作ったことになります。

李華は監察御史の任にあったとき、権臣の横暴を厳しく弾劾したために姦党《かんとう》に憎まれました。また、のち安禄山《あんろくざん》に仕えたことがたたって、一時杭《こう》州の司戸《しこ》参軍《さんぐん》（戸籍部課長・従七品下）に落とされていました。安禄山の乱が平定されて後、また召し出されて都にもどるべく長江をさかのぼったのですが、結局途中で帰京を断念しました。病気になったとも、道路事情が悪くて正式の任命詔書が届かなかったともいいます。「人生世に在りて　意に称わず」という句が、李白・李華ともに失意の境遇にあったことを示し、憂いはいっそう共感を帯びたものとなったでしょう。

李白には別に「餞校書叔雲」と題する詩があり、それは春のころの別れを歌ったものなので、同じ人物に春秋二度にわたって餞別《せんべつ》するのもおかしいということから、この李華説が支持される理由になっています。水の流れと積もる憂愁が、ともに逆らいえぬ、また断ち切れぬ力で人間を圧倒するという結び四句の表現は、詩人の晴れぬ心境をよく伝えています。

独坐㆓敬亭山㆒　独《ひと》り敬亭山《けいていざん》に坐《ざ》す

衆鳥高飛尽　衆鳥《しゅうちょう》高《たか》く飛《と》んで尽《つ》き
孤雲独去閑　孤雲《こうん》独《ひと》り去《さ》って閑《かん》なり
相看両不㆑厭　相看《あいみ》て両《とも》に厭《いと》わざるは
只有㆓敬亭山㆒　只《た》だ敬亭山《けいていざん》有《あ》るのみ

○五言絶句《ごごんぜっく》。「閑《かん》、山《さん》」は、上平《じょうひょう》十五刪《さん》の韻。

あまたの鳥たちは空高く飛び去ってしまい、
離れ雲がぽつんと独りゆっくりと流れていく。
互いにじっと眺め合って　いつまでも心静かでいられるのは、
敬亭山よ　ただおまえだけだよ。

❖❖❖❖

▼敬亭山　七五三年、流浪の旅にあった李白は、尊敬する謝脁が愛し吟詠した敬亭山のふもとにしばらく寄寓しました。失意のままの暮らしが続くなかで、彼は宿のそばの敬亭山を、朝な夕な、無上の話し相手としたのです。この詩、余計な言葉を使わず、多くの含みを伝え、対峙《たいじ》する自然への感情移入を無理なく果たしています。

相看二句は、擬人化の手法で、人と山とが向かい合い、互いに心を通わせ、いつまでも見飽きないというのです。只有の只は、敬亭山こそ彼にとって本当の知音《ちいん》だという気持ちを示し、現世への風刺をこめながら、先人・謝脁への思慕を歌っています。「相看《あいみ》て両《とも》に厭《いと》わざるは、只《た》だ敬亭山有るのみ」ということは、逆にいえば、現実の李白にとって「相看て　両に厭う」相手が多かったことを示しているでしょう。李白は物言わぬ敬亭山と真向かいに座して、悠々たる時間と空間の中に没入しているようです。「社会や人間への複雑な体験のないところに、この詩境は成立しない」（松浦友久『李白―詩と心象』社会思想社　一九七〇年）と称されるように、大自然と向かい合う詩人は孤独でした。

秋浦歌　十七首　秋浦《しゅうほ》の歌《うた》　十七首

秋浦歌は全部で十七首あり、七五四（天宝十三）年、李白が秋浦に居たころに作った組詩《くみし》で、詩はそれぞれ　都長安とふるさとへの思いを述べつつ、己《おの》が才能の不遇を嘆き、また秋浦の風物や人々の暮らしを歌ったものです。秋浦は県名。秋浦湖があるところからつけられた名で、池《ち》州に属しました。今の安徽《あんき》省貴池《きち》市。

其一　其《そ》の一

秋浦長似レ秋　秋浦《しゅうほ》　長《つね》に秋《あき》の似《ごと》し
蕭条使二人愁一　蕭条《しょうじょう》　人《ひと》をして愁《うれ》えしむ
客愁不レ可レ度　客愁《きゃくしゅう》　度《すく》う可《べ》からず
行上東大楼　行《ゆ》きて上《のぼ》る　東《ひがし》の大楼《たいろう》
正西望二長安一　正《まさ》に西《にし》のかた　長安《ちょうあん》を望《のぞ》み

下見㆓江水流㆒
寄㆑言向㆓江水㆒
汝意憶㆑儂不
遥伝㆓一掬涙㆒
為㆑我達㆓揚州㆒

下《した》に江水《こうすい》の流《なが》るるを見《み》る
言《げん》を寄《よ》せて　江水《こうすい》に向《む》かう
汝《なんじ》が意《い》　儂《われ》を憶《おも》うや不《いな》や
遥《はる》かに一掬《いっきく》の涙《なみだ》を伝《つた》えて
我《わ》が為《ため》に揚州《ようしゅう》に達《たっ》せよ

○五言古詩。「秋《しゅう》、愁《しゅう》、楼《ろう》、流《りゅう》、不《ふう》、州《しゅう》」は、下平《かひょう》十一尤《ゆう》の韻。

秋浦はその名のごとくいつも秋のようだ、
もの寂しくて人の心をめいらせる。
旅愁抑えがたく、
東の大楼山《たいろうざん》に登ってみた。
ま西に望むのは長安のまち、
眼下に見るのは長江の流れ。

秋浦の大楼山

長江の水にわたしの言付けを頼みたい、
「おまえはわたしのことを今も忘れず思ってくれているだろうか」
手のひらいっぱいの涙を運んで、
わたしのためにはるかかなたの揚州に届けておくれ。

❖　❖　❖　❖

▼秋浦歌　宮廷勤めを追われた彼は、宮仕えの希望と憂国の情を、つねに都長安への思いに託して歌います。全十七首の最初は、組詩全体の総括的なものといえます。

其二

秋浦猿夜愁
黄山堪二白頭一
青渓非二隴水一

其《そ》の二

秋浦《しゅうほ》　猿《さる》は夜《よる》　愁《うれ》う
黄山《こうざん》　白頭《はくとう》に堪《た》えたり
青渓《せいけい》は　隴水《ろうすい》に非《あら》ざるに

翻作ニ断腸流一　翻《かえ》って断腸《だんちょう》の流《なが》れを作《な》す
欲レ去不レ得レ去　去《ゆ》かんと欲《ほっ》して去《ゆ》くを得《え》ず
薄游成ニ久游一　薄游《はくゆう》久游《きゅうゆう》と成《な》る
何年是帰日　何《いず》れの年《とし》か是《こ》れ帰《かえ》る日《ひ》ぞ
雨レ涙下ニ孤舟一　涙《なみだ》を雨《あめ》ふらせて孤舟《こしゅう》を下《お》る

○五言古詩。「愁《しゅう》、頭《とう》、流《りゅう》、游《ゆう》、舟《しゅう》」は、下平十一尤の韻。

秋浦では夜になると　猿が悲しげに鳴き　気がめいる、
黄山のおかげでそれでもなんとか白髪《しらが》頭に堪えていられるのだが。
清渓《せいけい》はあの隴水ではないというのに、
流れる水音はやっぱり断腸の響きを立てる。
立ち去りたいと思いつつ　去ることもならぬまま、
しばしの旅寝と思ったのに　長逗留《ながとうりゅう》となってしまった。
いつになったら帰れることか、

涙をはらはらと流しつつ、小舟より下りる。

其三

秋浦錦鄞鳥
人間天上稀
山鶏羞㆓淥水㆒
不㆔敢照㆓毛衣㆒

其《そ》の三

秋浦《しゅうほ》の錦鄞鳥《きんぎんちょう》
人間《じんかん》天上《てんじょう》稀《まれ》なり
山鶏《さんけい》淥水《りょくすい》に羞《は》じ
敢《あ》えて毛衣《もうい》を照《て》らさず

○五言古詩。「稀《き》、衣《い》」は、上平《じょうひょう》五微《び》の韻。

秋浦の錦鄞鳥《きんぎんちょう》は、
この世にも天上世界にもめったにない美しさ。
衣装自慢の山どりさえも　みどりの水面《みなも》に羞《は》じいって、

あえて羽をば映しゃせぬ。

❖　❖　❖　❖

▼美しい鳥　錦鄣鳥は、錦駝鳥《きんだちょう》とも書き、頭に冠の垂れひものように綺麗《きれい》な色の羽を持っているといいます。この世にもまれな美しい鳥に、李白は、自己をなぞらえているのかも知れません。

其四

両鬢入ニ秋浦一
一朝颯已衰
猿声催ニ白髪一
長短尽成レ糸

其《そ》の四

両鬢《りょうびん》秋浦《しゅうほ》に入《い》りて
一朝《いっちょう》　颯《さつ》として　已《すで》に衰《おとろ》う
猿声《えんせい》　白髪《はくはつ》を催《うなが》し
長短《ちょうたん》　尽《ことごと》く　糸《いと》と成《な》る

○五言古詩。「衰《すい》、糸《し》」は、上平四支《し》の韻。

秋浦に来てから両びんの毛は、
一夜のうちに衰えた。
猿の鳴き声に追い立てられて、
長い髪も短い髪も、すっかり白く細くなった。

其五

秋浦多白猿
超騰若飛雪
牽引条上児
飲弄水中月

其《そ》の五

秋浦《しゅうほ》 白猿《はくえん》 多《おお》し
超騰《ちょうとう》 飛雪《ひせつ》の若《ごと》し
牽引《けんいん》す 条《えだ》の上《うえ》の児《じ》
飲《の》みて弄《もてあそ》ぶ 水中《すいちゅう》の月《つき》

○五言古詩。「雪《せつ》、月《げつ》」は、入声《にっしょう》六月《げつ》、九屑《せつ》の韻の通押《つうおう》。

秋浦には白猿がたくさんいて、
ひらりひらりと飛び交うさまはまるで飛ぶ雪のようだ。
枝先の子猿は母猿に引っぱられながら、
水を飲んでは水に映る月とたわむれている。

其六

愁作秋浦客
強看秋浦花
山川如㆓剡県㆒
風日似㆓長沙㆒

其《そ》の六

愁《うれ》えて作《な》る　秋浦《しゅうほ》の客《きゃく》
強《し》いて看《み》る　秋浦《しゅうほ》の花《はな》
山川《さんせん》は　剡県《せんけん》の如《ごと》く
風日《ふうじつ》は　長沙《ちょうさ》に似《に》るに

○五言古詩。「花《か》、沙《さ》」は、下平六麻《ま》の韻。

心晴れぬまま　秋浦の客となり、
むりに気持ちを引き立てて秋浦の花を眺め見る。
この地の山も川も　あの美しい剡《せん》県のよう、
風や日光の色合いも　あの長沙のそれに似ているのに。

其七

酔上山公馬
寒歌寧戚牛
空吟㆓白石爛㆒
涙満㆓黒貂裘㆒

其《そ》の七

酔《よ》うて上《のぼ》る　山公《さんこう》の馬《うま》
寒歌《かんか》す　寧戚《ねいせき》の牛《うし》
空《むな》しく　白石爛《はくせきらん》を吟《ぎん》ずれば
涙《なみだ》は　黒貂《こくちょう》の裘《かわごろも》に満《み》つ

○五言古詩。「牛《ぎゅう》、裘《きゅう》」は、下平十一尤《ゆう》の韻。

酔っ払ったときには、山公みたいに　後ろ向きで馬に乗ってみる、
寒さにふるえながら歌うのは　寧戚《ねいせき》の牛飼い歌。
かないもせぬのに「白い石は爛《かが》やけり」と吟じてみても、
涙はむなしく　ボロボロの黒テンのかわごろもに満ちるだけ。

❖❖❖❖

▽**山公**　晋《しん》代、襄陽《じょうよう》の地方長官であった山簡《さんかん》、字《あざな》は季倫《きりん》。竹林《ちくりん》の七賢の一人であった山濤《さんとう》の息子。豪放磊落《ごうほうらいらく》、奇行の持ち主で、しょっちゅう外出しては酒を飲み、酔っ払うと白い官帽を逆さまにかぶり、馬に後ろ向きに乗って帰ったなどの奇行で、当時の襄陽童謡（はやり歌）にも歌われました。李白は「襄陽歌」でも山簡の故事を歌っています。彼のとらわれない生き方が気に入っていたのでしょう。

▽**寧戚**《ねいせき》　春秋時代の衛《えい》の人。大国の斉《せい》に仕えたいと思っていたのに、貧しくてだれにも推薦してもらえないので、旅商人の御者になって斉までやって来ました。城門の外で野宿をしていると、来客を迎えるために郊外まで行く桓《かん》公が城門を出て来ました。かがり火の中で、大勢の従者を引き連れた桓公を遠くから見ていた寧戚は悲しくなって、牛にかいばをやりながら、角を叩《たた》いて歌いました。「南山《なんざん》の矸《しろ》き、白石《はくせき》爛《かがや》く、生《い》きて尭《ぎょう》

と舜《しゅん》の禅《ゆずり》に逢《あ》わず。短布《たんぷ》の単衣《たんい》　適《まさ》に骭《すね》に至《いた》る、昏《くら》きより牛《うし》に飯《かいば》して　夜半《やはん》に薄《せま》る、長夜曼曼《まんまん》として　何《いず》れの時か旦《あさ》になる」と。それを聞いた斉の桓公がその才能を見いだして、上卿《じょうけい》（大臣）に取り立てたという話が『呂氏《りょし》春秋』挙難《きょなん》篇に見えます。李白は、寧戚を自分になぞらえているのでしょう。

▼**黒貂裘**　黒いテンの皮で作った上着。『戦国策《せんごくさく》』の秦策《しんさく》によれば、遊説家の蘇秦《そしん》は秦の恵王《けいおう》に十回も上書したのに召し抱えられないので、生活に困って黒テンの上着が破れても新しいものに買い替えられませんでした。自分の才能が君主に認められず苦しんでいることに譬《たと》える言葉です。

其八
秋浦千重嶺
水車嶺最奇
天傾欲レ堕レ石
水払二寄生枝一

其《そ》の八
秋浦《しゅうほ》　千重《せんちょう》の嶺《みね》
水車《すいしゃ》　嶺《みね》は　最《もっと》も奇《き》なり
天《てん》傾《かたむ》いて　石《いし》を堕《おと》さんと欲《ほっ》し
水《みず》は　寄生《きせい》の枝《えだ》を払《はら》う

○五言古詩。「奇《き》、枝《し》」は、上平四支の韻。

秋浦に数ある山嶺《さんれい》の中で、
水車嶺《すいしゃれい》がいちばんすばらしくて眺めがいい。
まるで天が傾いて落ちてきそうな崖《がけ》の岩、
奔《はし》り流れる淵《ふち》の水が　からまり合って垂れ下がる木の枝をなでていく。

其九
江祖一片石
青天掃㆓画屛㆒
題㆑詩留㆓万古㆒
緑字錦苔生

其《そ》の九
江祖《こうそ》　一片《いっぺん》の石《いし》
青天《せいてん》　画《が》屛《へい》を掃《はら》う
詩《し》を題《だい》して　万古《ばんこ》に留《とど》むれば
緑字《りょくじ》　錦苔生《きんたいしょう》ぜん

○五言古詩。「屛《へい》、生《せい》」は、下平八庚《こう》、九青《せい》の韻の通押。

江祖《こうそ》の大きい屛風岩《びょうぶいわ》、
青空が　その屛風絵を掃き清める。
岩はだに詩を書き付けるなら　いつまでも消えずに残るだろうが、
文字には緑の苔《こけ》がむすだろう。

❖❖❖❖

▼岩に字を刻む　この詩の中に「題」とあるのは、日本語でいう「テーマ」とは違い、

字を書き付けることをいいます。中国は文字の国で、名所旧跡には、ゆかりのある有名な詩文を、名人の筆跡で彫り付けた岩などがよく見られます。木や紙や布などと比べたら、保存される確率がはるかに高いからでしょう。この詩、李白自身が「自分の詩を彫り付けたい」と思っているのか、すでに古人の筆跡があるのを見て詠《よ》んだとするのか、二通りの解釈が成り立ちます。それには、万古《ばんこ》という語をどう読むかということがかかわってくるでしょう。そこに李白の自負を見るかどうかもかかわってきます。

其十

千千石楠樹
万万女貞林
山山白鷺満
澗澗白猿吟

其《そ》の十

千千《せんせん》たり　石楠《せきなん》の樹《き》
万万《ばんばん》たり　女貞《じょてい》の林《はやし》
山山《やまやま》に　白鷺《はくろ》満《み》つ
澗澗《たにだに》に　白猿《はくえん》吟《ぎん》ず

君莫レ向ニ秋浦一

猿声砕ニ客心一

君《きみ》　秋浦《しゅうほ》に向《お》る莫《な》かれ

猿声《えんせい》　客心《きゃくしん》を砕《くだ》く

○五言古詩。「林《りん》、吟《ぎん》、心《しん》」は、下平十二侵《しん》の韻。

群生するしゃくなげ、
山一面のねずみもち。
山々に白鷺《はくろ》が満ち、
谷あいには白猿が鳴き交わす。
この秋浦などには居ないがいいよ、
猿の声が旅愁をかきたてるだけだから。

秋浦河

其十一

邏人横二鳥道一
江祖出二魚梁一
水急客舟疾
山花払レ面香

其《そ》の十一

邏《ら》人《じん》　鳥道《ちょうどう》に横《よこ》たわり
江祖《こうそ》　魚梁《ぎょりょう》に出《い》づ
水急《みずきゅう》にして　客舟《きゃくしゅう》疾《はや》し
山花《さんか》は　面《おもて》を払《はら》いて香《かん》ばし

○五言古詩。「梁《りょう》、香《こう》」は、下平七陽《よう》の韻。

邏人磯《らじんき》は清渓《せいけい》のくびれた河口にどっかりと居座り、
江祖石《こうそせき》は魚梁淵《ぎょりょうぶち》の深みからすっくと立ち上がっている。
流れは急で　旅の舟は飛ぶように走り、
山に咲く花が面を払っていい香り。

其十二

水如二一匹練一
此地即平天
耐可下乗二明月一
看レ花上中酒船上

其《そ》の十二

水《みず》は一匹《いっぴき》の練《ねりぎぬ》の如《ごと》く
此《こ》の地《ち》 即《すなわ》ち 平天《へいてん》
耐《よ》く 明月《めいげつ》に乗《じょう》じて
花《はな》を看《み》るには 酒船《しゅせん》に上《のぼ》る可《べ》し

○五言古詩。「天《てん》、船《せん》」は、下平一先《せん》の韻。

水は白くつややかな練り絹に似て、
ここぞまさしく平天湖。
できれば明月の明かりに乗じて、
遊覧船で花見酒としゃれてみたいもの。

其十三

淥水浄ニ素月一
月明白鷺飛
郎聴ニ采レ菱女一
一道夜歌帰

其《そ》の十三

淥水《りよくすい》　素月《そげつ》　浄《きよ》く
月明《つきあき》らかに　白鷺《はくろ》　飛《と》ぶ
郎《わかもの》は　菱《ひし》を采《と》る女《むすめ》を聴《き》き
一道《いちどう》　夜《よる》　歌《うた》い帰《かえ》る

○五言古詩。「飛《ひ》、帰《き》」は、上平五微の韻。

澄んだ水に白い月が洗われて映え、
明るい月光の中を　白鷺が舞う。
男は　女の菱摘み歌に聞きほれて、
いっしょに夜道を歌って帰る。

❖　❖　❖　❖

▽恋の相聞歌・採菱歌　菱の実は夏の終わり秋の初めころが摘み取りの季節です。もともとはそのころの労働歌だったのでしょう。しかし『楽府詩集《がふししゅう》』（民謡集）には春・夏・秋にも歌われるようになって、もはや菱摘み労働とは関係なく、もっぱら相聞歌になったようです。七四ページ「子夜呉歌　其二」の「はす摘み」参照。

其十四

炉火照二天地一
紅星乱二紫烟一
赧郎明月夜
歌曲動二寒川一

其《そ》の十四

炉火《ろか》　天地《てんち》を照《て》らし
紅星《こうせい》　紫烟《しえん》を乱《みだ》す
赧郎《たんろう》　明月《めいげつ》の夜《よる》
歌曲《かきょく》　寒川《かんせん》を動《うご》かす

○五言古詩。「烟《えん》、川《せん》」は、下平一先の韻。

溶鉱炉の火は天地を照らし、
煙の中で火花がはじける。
ほてった顔の男たちは、明るい月夜にエイヤーエイヤー、
その歌声は冷たい川に響き渡る。

❖❖❖❖

▼炉　『新唐書《しんとうじょ》』地理志《ちりし》によると、秋浦は唐代の銀と銅の産地の一つでした。炉はその溶鉱炉《ようこうろ》をいいます。

▼赧郎　溶鉱炉の火でほてって赤らんだ顔の鉱夫をいう言葉。鋳銅《ちゅうどう》溶鉱夫の夜間労働を歌った珍しい作品で、李白は貴重な描写を残してくれたといえます。彼が、鉱山経営に関わっていたとする根拠の一つもこの詩あたりから出ているのです。

▼紫の色について　紫は「紫衣《しい》」「紫雲《しうん》」「紫宮《しきゅう》」など、帝王や道教にかかわる事柄に冠する場合と、一般的な具体物に冠する場合とではやや異なります。例えば「紫髯緑眼《しぜんりょくがん》」「紫毫筆《しごうひつ》」あるいは現代語の「紫色的円臉《えんれん》」などというときは、いわゆるムラサキ色というよりもむしろ茶色（ブラウン）に近いのです。色彩をあらわす漢字には、日・中にかなり違いがあります。赤、青、黄などを調べて見るだけでも、興味ぶかい発見が

あるでしょう。

其十五

白髪三千丈
縁レ愁似レ箇長
不レ知明鏡裏
何処得ニ秋霜一

其《そ》の十五

白髪三千丈《はくはつさんぜんじょう》
愁《うれ》いに縁《よ》って箇《か》くの似《ごと》く長《なが》し
知《し》らず 明鏡《めいきょう》の裏《うち》
何《いず》れの処《ところ》より 秋霜《しゅうそう》を得《え》たる

○五言古詩。「長《ちょう》、霜《そう》」は、下平七陽の韻。

白髪 なんと三千丈、
愁いのためにこんなに伸びてしまった。
曇りない鏡に映る我が姿、

いったいどこから　こんなに秋の霜をもらってきたのか。

❖　❖　❖　❖

▼白髪三千丈　李白の名は知らなくても、この句を知らない人はないといわれるほど有名な詩句です。中国的誇張表現とそしる向き（後出、引用文参照）もありますが、非凡な発想と表現には、古今多くの賛辞がよせられてきました。ここには、単なる老いの悲しみだけでなく、自己をも一つの客体として捉《とら》え表現する詩人の鋭い感覚があります。彼の胸には、我が人生は結局、失意のままに終わろうとするのか、という抜き難い悲しみが満ちているのです。

この詩は大いに称賛されてきた。その着想――すなわち悲嘆が白髪を長くのばしたという第一の着想と、鏡にうつっている白髪の人物でさえ実際の李白よりは幸福であったと考えてよいかも知れないという第二の着想――の重層性が非常に大胆であると考えられている。この詩が表現しているものは、もちろん、李白が突然鏡の中に見た年老いた人物が実は彼自身であるという驚きである。しかし私はこの詩を読んだあとで「彼の髪の長さが三千丈もあるという一行がまったく大ぼらであることはたしかだ」（かぎりなき空言《そらごと》ならずや）と言った日本の青年に、同情をきんじえないのである（石川雅望『しみのすみか物語』〈一八〇二〉参照）。

（A・ウェイリー『李白』小川環樹・栗山稔訳　岩波新書　一九七三年）

其十六

秋浦田舎翁
采レ魚水中宿
妻子張二白鷴一
結罝映二深竹一

其《そ》の十六

秋浦《しゅうほ》　田舎翁《でんしゃおう》
魚《うお》を采《と》りて　水中《すいちゅう》に宿《しゅく》す
妻子《さいし》　白鷴《はくかん》に張《は》る
結罝《けっしょ》　深竹《しんちく》に映《えい》ず

○五言古詩。「宿《しゅく》、竹《ちく》」は、入声《にっしょう》一屋《おく》の韻。

秋浦の農家のじいさんは、
魚を捕るのに水辺で夜明かし。

かみさんは　白い雉《きじ》をつかまえようと網を張る、
仕掛けた網が緑濃い竹林に映えている。

❖❖❖❖

▽水中　場所を示す、上・中・下・里の訳には注意する必要があります。ここでは、網を仕かけて待つ水辺をさすでしょう。

▽妻子　二字で妻をさす場合と、妻と子をさす場合があります。ここでは、どちらがいいか、自由に考えてみてください。

▽白鷴　江南《こうなん》の珍鳥の一種で、雉《きじ》類。白色で羽に黒い模様があるといいます。

其十七

桃波一歩地
了了語声聞

其《そ》の十七

桃波《とうは》一歩《いっぽ》の地《ち》
了了《りょうりょう》語声《ごせい》聞《き》こゆ

闇 与ニ山 僧ー別
低レ頭 礼ニ白 雲ー

闇《ひそ》かに　山僧《さんそう》と別《わか》れ
頭《こうべ》を低《た》れて　白雲《はくうん》に礼《れい》す

○五言古詩。「聞《ぶん》、雲《うん》」は、上平十二文《ぶん》の韻。

桃波はほんの小さい山里で、村人たちの話し声も手に取るように聞き取れる。山寺の坊さんに黙って別れのあいさつをして、み寺に向かい頭を下げた。

❖❖❖❖

▽白雲　寺の名前。

▽地理誌の研究　秋浦という地名は、李白のこの組詩《くみし》に歌われたおかげで、その風光が後世にまで伝えられることになりました。皖南《かんなん》とよばれる安徽《あんき》省南部には名勝の地が多く、李白はここで合計数年にわたる漫遊をしましたが、その足取りや実際の地理関係については、これまでわからないことが多かったのです。最近になって、地理誌的な研

究が進み、『李白在安徽』(常秀峰《じょうしゅうほう》・何慶善《かけいぜん》・沈暉《しんき》著　安徽人民出版社　一九八〇年)によってかなり明らかになりました。そのおかげで、わからないままに普通名詞とされてきたものが、実は固有名詞であるとわかって、詩の理解が助けられたような例(例えば、其十七の白雲が白い雲ではなく、白雲寺であるなど)が少なくありません。唐代、特に則天武后《そくてんぶこう》の時代には各地に造営された寺が多かったといい、玄宗皇帝の時代には道教の観(寺)が多かったといいます。その中に白雲観や白雲寺の名もあったのでした。

この「秋浦歌」に一貫して流れる憂愁には、夕陽のように淡い優しさと、そしてまた暖かみがあって、捨て難い味わいを感じさせます。期待と失意・諦観《ていかん》の間を揺れる詩人の心理が微妙に反映した組詩ということになるでしょう。制作年代について、「先人のあらゆる考証にもかかわらず、この時期以外のものではありえない」として、最晩年期の七六〇(上元元)年とする次のような説があります。いずれにせよ、詩人はもはや若くはありません。

晩年の境地

李白は、上元元年の多分秋ごろ、三度めの、そして最後の漂泊の旅に出、二年後病死するのであるが、この二年あまりこそ、生涯を漂泊にささげた詩人の、孤独、寂寞《せきばく》の極北をきわめたものであった。そしてまた、この時期こそ、詩人李白が、自分自身と他の人々とを、あるいは人間の生活とその意味とを、深く観照し沈思した時期であった。自分の孤独と寂寞とを深くのぞきこむことによって、詩人は、自分にとって援助者であるか妨害者であるかの意味しか持たなかった他の人々に、他の人々自身の生とその意味とを見出した。孤独の底に沈みこむことによって李白の目はあたたかくなった。

この時期の李白には、もうかつての、エネルギーが氾濫奔騰《はんらんほんとう》して自分でもとどめかねるようなすさまじい長篇はない。そのかわり、読む者に、自身とその周囲をふとふりかえらせ、あるいは、人間が生きているということに祝福を送りたくならせるような短篇が作られた。

例の「白髪三千丈」を含む「秋浦の歌」十七首は、先人のあらゆる考証にもかかわらず、この時期以外のものではありえない。

（高島俊男『李白と杜甫《とほ》』評論社　一九七二年）

宣城見㆓杜鵑花㆒

宣城《せんじょう》にて杜鵑《とけん》の花《はな》を見《み》る

蜀国曾聞子規鳥
宣城還見杜鵑花
一叫一回腸一断
三春三月憶㆓三巴㆒

蜀国《しょくこく》　曾《か》つて聞《き》く　子規《しき》の鳥《とり》
宣城《せんじょう》　還《ま》た見《み》る　杜鵑《とけん》の花《はな》
一叫《いっきょう》　一回《いっかい》　腸《はらわた》一断《いちだん》
三春《さんしゅん》　三月《さんがつ》　三巴《さんぱ》を憶《おも》う

○七言絶句。「花《か》、巴《は》」は、下平《かひょう》六麻《ま》の韻。

ふるさとの蜀の国で　昔何度も聞いたっけ　ホトトギスの鳴き声を、
今またしても宣城の町で　真っ赤なホトトギスの花に出会うとは。
ホトトギスの一声ごとに　腸がねじれて　ずたずたになる、
春は三月　恋いしや　三巴が思い出されてならぬ。

❖❖❖❖

▼子規鳥　春の末から夏の初めに、昼夜鳴く声が哀切で「不如帰去―帰るにしかず」と聞こえるために、旅人は故郷への思いをつのらせるといいます。

▼数字多用――快適なリズムを作る　李白は数字を一つの詩の中に多用するのが特にうまい詩人で、この詩には後半の二句にそれぞれ一と三が三回ずつ使われています。単なる語呂合わせの要素を持つとはいえ、なかなかリズムがいいですね。この詩のように一の字を一句の中に多用する例だけでなく、「会須一飲三百杯」「一挙上九天」「千喚不一回」などのように異なる数字を使う例に至れば、枚挙にいとまがないほどです。「三朝又三暮」は三の字二つの例ですが、二句にまたがって対応する数字を使う例になれば、もっと多いでしょう。例えば「三山半《なか》ば落つ青天の外、二水中分す白鷺洲」のように。

李白がこのように数字を多用するのは、たぶん庶民の愛する民謡・民歌・俗諺《ぞくげん》などにそうした数字が多用されていることと関係があるでしょう。数字は、わかりよく、リズムを作りやすいのです。また、必ずしも実数字でなくとも詩的真実を感得させる虚数（フィクション）性というものがあるということを、李白はよく知っていたに違いありません。

そうした便利な数字でも、使えばだれでもいい詩ができるというわけではありません。その点でも、李白の腕はなかなかのものでした。

贈ニ汪 倫一

李 白 乗レ舟 将 欲レ行
忽 聞 岸 上 踏 歌 声
桃 花 潭 水 深 千 尺
不レ及 汪 倫 送レ我 情

汪倫《おうりん》に贈《おく》る

李白《りはく》 舟《ふね》に乗《の》りて将《まさ》に行《ゆ》かんと欲《ほっ》し
忽《たちま》ち聞《き》く 岸上《がんじょう》 踏歌《とうか》の声《こえ》
桃花潭水《とうかたんすい》 深《ふか》さ 千尺《せんじゃく》なれど
及《およ》ばず 汪倫《おうりん》の我《われ》を送《おく》る情《じょう》に

○七言絶句。「行《こう》、声《しょう》、情《じょう》」は下平《かひょう》八庚《こう》の韻。

わたし李白が今まさに舟に乗り込み別れを告げようとしていたら、

突然聞こえてきた　岸の上で足踏み鳴らして歌う村人たちの歌声が。
桃花潭の淵《ふち》の水は深さ千尺だというけれど、
汪倫殿がわたしを見送ってくださるお気持ちの深さにはとても及びはせぬ。

❖❖❖❖

▼汪倫と桃花潭　名所の本家争い――汪倫についてこんな話が伝わっています。彼は隠逸の士で、豪放な人柄、有名人とのお付き合いが大好きでした。李白が近くに来ていると知って、招待状を送りました。

「先生はピクニック（遊び）がお好きでしょうか、わたしどものところには十里の桃の花が咲いております。酒はお好きでしょうか、当地には一万軒の酒屋がございます」

李白が喜んで出掛けていくと、汪倫が笑って言いました。

「十里の桃の花というのは、十里の向こうにある桃花渡《とうかと》のことでして、一万軒の酒屋というのは、万《ばん》という姓の者が開いております酒屋でして」それを聞いて李白は大笑いしました。その十里桃花というのが、桃花潭だといいます。

一説に、安徽省西部の宿松《しゆくしよう》県の南二里、南河口《なんかこう》というところにも桃花潭と汪村があって、汪倫の子孫が住んでいたと伝えられています。そこにも伝説があり、「汪倫は寺子屋の先生で、桃花潭のそばの南台寺に寺子屋を開いていました。李白との交情は大変厚く、別れの時には寺子屋の弟子たちを引き連れて、桃花潭で踏歌《とうか》（江南《こうなん》地方で行われる歌唱形式。大勢が手をつないで、両足で拍子をとって歌う）して見送った」といいます。

現在の研究によれば、汪倫は確かに安徽省涇《けい》県の人であって、李白の詩にいう桃花潭は、今の涇県の西南百里の地にあったとされています。

ともあれ、李白が草深い見知らぬ地方の名もない人々と、素朴で心温まる交流を持った詩人であったことをよくうかがわせる光景です。この詩のおかげで、桃花潭と汪倫の名は、後世に長く伝えられることになりました。

詩が有名になったおかげで、名所の本家争いが起こったのはよくある話ですが、この汪倫という人物は、たしかに李白と親しかったらしく、県令を務めたこともある地方の名士で、文人との交遊を好んだ人だったといいます。

◈安禄山の乱後

北上行

北上何所レ苦
北上縁二太行一
磴道盤且峻
巉岩凌二穹蒼一
馬足蹶二側石一
車輪摧二高崗一
沙塵接二幽州一

北上行《ほくじょうこう》

北上《ほくじょう》 何《なん》の苦《くる》しむ所《ところ》ぞ
北上《ほくじょう》は 太行《たいこう》に縁《よ》る
磴道《とうどう》 盤《まが》り 且《か》つ峻《けわ》しく
巉岩《ざんがん》 穹蒼《きゅうそう》を凌《しの》ぐ
馬《ば》足《そく》は 側石《そくせき》に蹶《つまず》き
車輪《しゃりん》は 高《たか》き崗《おか》に摧《くだ》かる
沙《さ》塵《じん》 幽州《ゆうしゅう》に接《せっ》し

烽火連㆓朔方㆒
殺気毒㆓剣戟㆒
厳風裂㆓衣裳㆒
奔鯨夾㆓黄河㆒
鑿歯屯㆓洛陽㆒

烽火《ほうか》　朔方《さくほう》に連《つら》なる
殺気《さっき》は　剣戟《けんげき》よりも毒《どく》なり
厳風《げんぷう》は　衣裳《いしょう》を裂《さ》く
奔鯨《ほんげい》　黄河《こうが》を夾《はさ》み
鑿歯《さくし》　洛陽《らくよう》に屯《たむ》ろす

○楽府《がふ》。「行《こう》、蒼《そう》、崗《こう》、方《ほう》、裳《しょう》、陽《よう》」は、下平《かひょう》七陽《よう》の韻。

北への避難行　何がつらいと　聞くも愚かだ、
北上するには　太行山沿いに行かねばならぬ。
急な山道くねくね曲がり、
けわしい岩が大空にそそり立つ。
馬は石にけつまずき、
車輪は石の坂道で壊れてしまう。
もうもうたる砂塵《さじん》が北東の幽州で巻き起こると、

反乱を知らせるのろしが西北の朔方にまでつらなった。
殺気は武器よりもおそろしい。
寒風は着物を引き裂く。
あばれ鯨《くじら》は黄河《こうが》にまたがり、
鑿歯《さくし》(伝説の悪獣)は洛陽《らくよう》に居座っている。

前行無㆓帰日㆒
返顧思㆓旧郷㆒
惨慽冰雪裏
悲号絶㆓中腸㆒
尺布不㆑掩㆑体
皮膚劇㆓枯桑㆒
汲㆑水澗谷阻

前《すす》み行《ゆ》きて 帰《かえ》る日《ひ》 無《な》ければ
返顧《へんこ》して 旧郷《きゆうきよう》を思《おも》う
惨慽《さんせき》たり 冰雪《ひようせつ》の裏《うち》
悲《かな》しみ号《さけ》びて 中腸《ちゆうちよう》を絶《た》つ
尺布《せきふ》は 体《からだ》を掩《おお》わず
皮膚《ひふ》は 枯《か》れし桑《くわ》より劇《はげ》し
水《みず》を汲《く》むには 澗谷《かんこく》に阻《へだ》てられ

采レ薪　隴　坂　長　　薪《たきぎ》を采《と》るには　隴坂《ろうはん》長《なが》し

○楽府。「郷《ごう》、腸《ちょう》、桑《そう》、長《ちょう》」は、下平七陽の韻。

進むばかりで　いつになったら帰れることやら、
振り返っては　ただ　ふるさとが気にかかる。
雪や氷に閉ざされたつらい旅路、
悲しみの叫びに腸も胸も張りさける。
わずかの布では体を覆えず、
肌《はだ》もそそけて　枯れた桑よりなおひどい。
水をくむにも谷底は険しく、
薪《たきぎ》を採るにも山坂は遠い。

猛　虎　又　掉レ尾　　猛虎《もうこ》は　又《また》　尾《お》を掉《ふる》い

磨㆑牙　皓㆓秋霜㆒　　牙《きば》を磨《みが》きて　秋霜《しゅうそう》よりも皓《しろ》し
草木不㆑可㆑餐　　草木《そうもく》　餐《くら》う可《べ》からざれば
飢飲㆓零露漿㆒　　飢《う》えて　零《こぼ》れし露《つゆ》の漿《しる》を飲《の》む
嘆㆓此北上苦㆒　　此《こ》の北上《ほくじょう》の苦《くる》しみを嘆《なげ》き
停㆑驂為㆑之傷　　驂《うま》を停《とど》めて　之《これ》が為《ため》に傷《いた》む
何日王道平　　何《いず》れの日《ひ》にか　王道《おうどう》　平《たい》らかにして
開顔観㆓天光㆒　　開顔《かいがん》　天光《てんこう》を観《み》ん

○楽府。「霜《そう》、漿《しょう》、傷《しょう》、光《こう》」は、下平七陽の韻。

猛虎《もうこ》はまたも行く途《みち》を塞《ふさ》ぎ、
白い牙をむいて人をくらう。
草木は食べることもできず、
飢えてわずかの露《つゆ》を飲むのみ。
この北行の苦しみに、

馬をひきとめて悲しむばかり。
いつになったら平和がもどり、
伸び伸びと楽しくお日さまを眺められるのだろうかと。

❖　❖　❖　❖

▽戦乱の苦しみを歌う　安禄山の乱の初期に書かれたこの詩は、魏・曹操《そうそう》の楽府詩「苦寒行《くかんこう》」になぞらえて作ったとされ、独創的な作とはいえないとする批評が多いのですが、李白はニュースに胸を痛め、反戦の思いをこめて書かずにはいられなかったのでしょう。戦乱の理由はさまざまですが、人々の暮らしに大きな災難と悲劇をもたらす点では、いつの時代でも、どこの国でも、まったく同じことなのですから。

安禄山の反乱は、漢民族内部の権力争いにとどまらず、すさまじいものであったようで、戦火から逃げまどう民衆の苦しみは、広域に及びました。

異民族の出身で、六か国語に通じ、玄宗と楊貴妃《ようきひ》にとり入って、范陽《はんよう》（現在の北京《ペキン》）などの三節度使をも兼ねていた安禄山が、七五五年に反乱を起こして南下した。安禄山の部下は、西方イラン系や北方遊牧民族出身の異国人が多数を占め、中国人に対して情け容赦もなかった。まず洛陽《らくよう》を陥落させ、ついで西に向かって長安を占領した。玄宗ははるか西南の蜀《しょく》（現在の四川《しせん》省）へ逃れた。安禄山の死後は部下の史思明《ししめい》が指導したので「安史の乱」（七五五—七六三）とよばれるこの反乱により、盛唐《せいとう》の繁栄は一挙に奪い去られた。反乱鎮圧直後の登録戸口《ここう》数《すう》わずかに二百九十三万戸、一千六百九十二万口にすぎず、十年前の三分の一となったのである。

（礪波護《となみまもる》「隋唐時代の社会と文化」『七五〇年の世界』所収『週刊朝日百科・日本の歴史』朝日新聞社）

太行山は日本では見られないような禿《は》げ山で、海抜千～二千メートルの険しい山道が続くといいます。無辜《むこ》の民にとっては、「殺気と厳風」そのものが恐ろしいのだと訴えるのは、その避難者が老人、乳幼児、病人、妊婦などの弱者ばかりだからで、おそらく李白は居ても立ってもおられぬ気持ちで、悲報に反応してこの詩を書いたのでしょう。

やがて、安禄山軍に立ち向かうつもりで、玄宗の息子である永王璘《えいおうりん》の軍に参加したのですが、それは新しく皇帝になった兄に背いて、弟が勝手に軍を起こしたものであったのです。情勢の変化を知らなかったばかりに、李白は反乱軍の一員として、逮捕されてしまうのでした。源義経が兄の頼朝に反乱者として追われたのとよく似た話です。

横江詞　六首

其一

人道横江好
儂道横江悪
一風三日吹㆓倒山㆒
白浪高㆓于瓦官閣㆒

○雑言古詩《ざつげんこし》。「悪《あく》、閣《かく》」は、入声《にっしょう》十薬《やく》の韻。

横江詞《おうこうし》　六首

其《そ》の一

人《ひと》は道《い》う　横江《おうこう》　好《よ》しと
儂《われ》は道《い》わん　横江《おうこう》　悪《わる》しと
一風三日《いっぷうみっか》　山《やま》を吹《ふ》き倒《たお》し
白浪《はくろう》は　瓦官閣《がかんかく》よりも高《たか》し

ひとはみな　横江はいいところだというが、
わたしは言いたい　横江はにくたらしいところだと。
いったん嵐《あらし》が吹けば　三日も続き　山をも吹き倒すほど、
白い浪《なみ》がたけり狂って　あの有名な高殿の瓦官閣《がかんかく》よりも高くなるのだ。

其二

海潮南去過㆓尋陽㆒
牛渚由来険㆓馬当㆒
横江欲㆑渡風波悪
一水牽㆑愁万里長

其《そ》の二

海潮《かいちょう》　南《みなみ》に去《ゆ》きて　尋陽《じんよう》を過《す》ぎ
牛渚《ぎゅうしょ》　由来《ゆらい》　馬当《ばとう》よりも険《けん》なり
横江《おうこう》　渡《わた》らんと欲《ほっ》するも　風波《ふうは》　悪《あ》しく
一水《いっすい》　愁《うれ》いを牽《ひ》きて　万里《ばんり》　長《なが》し

○七言絶句《しちごんぜっく》。「陽《よう》、当《とう》、長《ちょう》」は、下平《かひょう》七陽《よう》の韻。

海の潮が逆流し　遠く南の尋陽（今の九江）にまで押し寄せる、
牛渚の辺りは　もともと　上流の馬当あたりの急流よりも　ずっと危険だ。
横江を渡りたくとも　風波がきつくて渡れない、
この川のゆえに　旅愁ばかりが募りゆく　万里の長さになるほどに。

其三

横江西望阻㆓西秦㆒
漢水東連揚子津
白浪如㆑山那可㆑渡
狂風愁殺峭帆人

其《そ》の三

横江《おうこう》 西《にし》に望《のぞ》めば 西秦《せいしん》を阻《へだ》つるも
漢水《かんすい》 東《ひがし》に連《つら》なる 揚子《ようす》の津《わたし》に
白浪《はくろう》 山《やま》の如《ごと》し 那《なん》ぞ渡《わた》る可《べ》けんや
狂風《きょうふう》 愁殺《しゅうさつ》す 峭帆《しょうはん》の人《ひと》

○七言絶句。「秦《しん》、津《しん》、人《じん》」は、上平《じょうひょう》十一真《しん》の韻。

横江の西方、長安は 山に阻《へだ》てられて 見えぬとしても、
漢水は はるか東の渡し場の 揚子津へと連なっている。
だが 山のような波は白く逆巻いて どうして渡ることなどできようぞ、
狂ったような強風に 船頭たちも ひたすら手をこまねくばかり。

其四

海神来過悪風回
浪打ニ天門一石壁開
浙江八月何如レ此
濤似ニ連山噴レ雪来一

其《そ》の四

海神《かいじん》 来《きた》り過《よ》ぎりて 悪風《あくふう》 回《めぐ》り
浪《なみ》は天門《てんもん》を打《う》ちて 石壁《せきへき》 開《ひら》く
浙江八月《せっこうはちがつ》 何《なん》ぞ此《これ》に如《し》かん
濤《なみ》は 連山《れんざん》の雪《ゆき》を噴《ふ》き来《きた》るに似《に》たり

○七言絶句。「回《かい》、開《かい》、来《らい》」は、上平十灰《かい》の韻。

海神が ひどい嵐《あらし》を吹きおこし、
大波が天門山を突き破り 石の壁が二つに割れた。
あの浙江八月の潮でさえ この荒波には及びもつかぬ、
山津波のような怒濤《どとう》が 白い雪を噴き上げる。

其五
横江館前津吏迎
向レ余東指ニ海雲生一
郎今欲レ渡縁ニ何事一
如レ此風波不レ可レ行

其《そ》の五
横江館前《おうこうかんぜん》 津吏《しんり》 迎《むか》え
余《よ》に向《む》かいて東《ひがし》のかた海雲《かいうん》の生《しょう》ずるを指《さ》す
郎《ろう》 今《いま》 渡《わた》らんと欲《ほっ》するは 何事《なにごと》に縁《よ》る
此《か》くの如《ごと》き風波《ふうは》は行《ゆ》く可《べ》からず

○七言絶句。「迎《ぎょう》、生《しょう》、行《こう》」は、下平八庚《こう》の韻。

横江館の真ん前で　渡し場の役人が出迎えて、
わたしに向かい　東方に広がる黒雲をさし示す。
「だんな　今から渡りたいなんて　冗談じゃありません。
この波や風では　とても渡れるものではありませぬ」

其六

月暈天風霧不レ開
海鯨東蹙百川回
驚波一起三山動
公無レ渡レ河帰去来

其《そ》の六

月暈《つきくも》り 天《てん》 風《かぜ》ふき 霧開《きりひら》かず
海鯨《かいげい》 東《ひがし》に蹙《ちぢ》まり 百川《ひゃくせん》 回《めぐ》る
驚波《きょうは》 一《ひと》たび起《お》これば 三山《さんざん》 動《うご》かん
公《こう》 河《かわ》を渡《わた》る無《な》かれ 帰去来《かえりなんいざ》

○七言絶句。「開《かい》、回《かい》、来《らい》」は、上平十灰の韻。其の四と同韻。

月が暈《かさ》をかぶれば 大風が吹き 川面《かわも》には霧が立ち込める、
東の海から 暴れ鯨が 百川の水を逆流させてやってくるのだ。
ひとたび怒濤《どとう》を起こせば 三山が地鳴りどよめく、
公よ 河を渡るなかれ さっさとお帰りなされ！

❖ ❖ ❖ ❖

▼公無渡河《こうむとか》　漢代の古楽府《こがふ》「公無渡河」の曲が、次のような悲劇を歌っています。朝鮮の船大工《ふなだいく》・霍里子高《かくりしこう》が朝早く船を出そうとしたとき、一人の狂った白髪《しらが》あたまの老人が急流で溺《おぼ》れ死ぬのを見た。老人の妻が止めようと追いかけたが間に合わず、身を投げて死んだ。彼女が身投げするまえに悲しげに歌ったのが〝公《こう》河《かわ》を渡《わた》るなかれ、公《こう》竟《つい》に河《かわ》を渡《わた》る。河《かわ》に墜《お》ちて死《し》せり、将《まさ》に公《こう》を奈何《いかん》せん！〟というものだったと。

▼山水の険――その寓意性《ぐうい》　よく知られた六首連作の詩です。前後一貫した連続性のものとして読むべきものですが、制作の時期などわからないことが多く、そのために単純な「山水詩――長江天険図《ちようこうてんけんず》」とするかどうかで、解釈がわかれるのです。

この詩、従来の説では、李白が故郷の蜀を出て、はじめて長江下流地域に遊んだときのものとするのが普通です。それに対して、七五三（天宝十二）年以後のものとする新しい解釈が提起され、かなり説得的な説明が行われるようになりました。

盛唐の詩人たちの場合、そのほとんどが安禄山の乱に無関係ではありえず、彼らの作品にそれが大きな影を落としています。では李白の場合はどうだったのでしょうか。最初に長安を追放された七四四年を境として、彼に大きな心境の変化が起こっただろうことはいうまでもないでしょう。その後、政界の外野席にいながら眺めた安禄山の乱以前の社会、次いで思いがけなくも反乱に巻き込まれてしまった後の変化、そうした社会的激動が彼の心身に与えた影響は大きかったはずです。それが、反映しているかどうかで、解釈に違いが生まれる以上、制作年代について議論があるのは避けられないことになります。

早発二白帝城一

朝辞白帝彩雲間
千里江陵一日還
両岸猿声啼不レ尽
軽舟已過万重山

早《つと》に白帝城《はくていじょう》を発《はつ》す

朝《あした》に辞《じ》す　白帝《はくてい》　彩雲《さいうん》の間《かん》
千里《せんり》の江陵《こうりょう》　一日《いちにち》にして還《かえ》る
両岸《りょうがん》の猿声《えんせい》　啼《な》いて尽《つ》きず
軽舟《けいしゅう》　已《すで》に過《す》ぐ　万重《ばんちょう》の山《やま》

○七言絶句。「間《かん》、還《かん》、山《さん》」は、上平《じょうひょう》五刪《さん》の韻。

朝まだき白帝城に別れを告げ　しののめに舟出して、
江陵まで千里のみちのりを一日で帰ってきた。
両岸の猿がしきりに鳴き交わす、その鳴き声ばかりを耳に残して、
重なる山々の間を我が乗る小舟は一気に過ぎた。

❖❖❖❖

▼**白帝城**　今の四川《しせん》省奉節《ほうせつ》県の東の山上にあって、地勢が険しく霞《かすみ》や雲に覆われていることが多いところです。漢末、蜀《しょく》（四川省）に割拠した公孫述《こうそんじゅつ》が城を築いて、白帝と称したところから名づけられました。

▼**江陵**　今の湖北《こほく》省江陵。白帝城から下流一千二百里（約六百七十キロ）の距離にあったと伝えられています。詩のなかの数字は、平仄《ひょうそく》や字数の制約もあって、近似的であっても実数ではないことが多いのです。

▼**早発㆓白帝城㆒**　永王璘《えいおうりん》の反乱軍に加担したとして大逆罪に問われた李白は、夜郎《やろう》（今の貴州省西境の地）に永久追放されることになりました。七五八（乾元元）年の八月ごろに潯陽《じんよう》（今の江西《こうさい》省九江《きゅうこう》市）を出発、夔《き》州の白帝城まで来たところで恩赦の知らせが届き途中から引き返すことになったのは、翌年の三月でした。不思議なのは、永久

追放された李白の旅が、九江から白帝城まで八か月ほどもかかっていることです。どうしてそんなにゆっくりできたのかがよくわかりません。ただ、このときの恩赦は、天下に旱魃《かんばつ》があったため、三月に出された「死罪や流刑を赦免する」という詔を受けたものでした。あるいは、李白は恩赦予想のニュースを早くに聞いていて、恩赦状の届くのを待ちつつ、旅足の速度をゆるめていたのかもしれません。

▼帰心矢のごとく　夢にも思わなかった永久追放の憂き目にあって、心ならずも遠い地の果ての夜郎への旅を続けていた李白は、実際に届いた恩赦の知らせに躍り上がって喜んだことでしょう。また喜びの中で、帰心は矢のごとくであったでしょう。舟足もまた李白の気持ちを体するかのように、飛ぶように速く走ったはずです。爽快《そうかい》な味わいをもつ詩で、読者もまた李白とともに、さわやかな長江下りをしているように感じさせられます。古来多くの人々に愛誦《あいしょう》されてきたのも不思議ではありません。

ただし、後の二句の解釈は、易しいようで実はなかなかむつかしいのです。目に見える山々は一瞬のうちに過ぎてしまい、耳にはただ猿の鳴き声が残るだけだった、というのですが、その山の残像と鳴き声の余韻との結び付きを、どうとらえたらいいのでしょうか。

猿の鳴き声は、ふつう悲しいものとして描かれる（「長干《ちょうかん》の行《うた》」三三ページ参照）のですが、ここではむしろ喜びにあふれた詩人の心情と、飛ぶように駆ける軽舟の爽快なスピード感を増幅させる効果をもつように読めます。有名な三峡《さんきょう》の一つ、瞿塘峡《くとう》の北岸にある白帝城から江陵までのあいだには、両岸がせまって水量が多くなり、流れの速いところが続きます。「時有《ときあ》りて朝《あした》に白帝《はくてい》を発《はっ》すれば、暮《く》れには江陵《こうりょう》に宿《やど》る、其《そ》の間《かん》千二百里《せんにひやくり》、奔《ほん》に乗《じょう》じ風《かぜ》に御《ぎょ》すといえども、以《もっ》て疾《はや》しとせざる也《なり》」（『水経注《すいけいちゅう》』江水《こうすい》）というほどで、李白の詩の言葉は誇張ではありませんが、それ以上に彼の〃飛ぶ心〃は速かったことでしょう。

近年の考古学調査で、長江沿岸に多くいた猿はテナガザルだったことが判明したと報告されてい

白帝城付近の長江

ます。一対の夫婦および親子の家族結合が強く、お互いに呼び合う鳴き声が大変特徴的なのだそうです。もし、そうした認識が通念としてこの二句に込められているとしたら、家族の待つところへ帰るのだという気持ちに拍車がかかった表現になるでしょう。

したがって、この詩を、李白二十五歳、はじめて蜀《しょく》を出たときのものとする説に従えば、「江陵に還る」とある〝還〟の帰り先は、普通ならば父母のいる故郷と考えられます。しかし、故郷の蜀は江陵とは反対の方向にあります。もし、妻子のいるところに帰るのならば、最初の妻許《きょ》氏のもととするのが自然でしょうが、蜀を出たばかりの李白はまだ結婚すらしていないのです。二十五歳ころの作と解するにはやはり無理があるでしょう。ただ、五十歳ころに再婚していたと推測される妻の宗《そう》氏は、李白に同行していた可能性があるので、彼を待つのはたぶん息子の伯禽《はくきん》や宗氏の弟であったと考えてよいのではないでしょうか。

宿㆓五松山
下荀媼家㆒

我宿㆓五松下㆒
寂寥無㆑所㆑歓
田家秋作苦
隣女夜舂寒
跪進㆓彫胡飯㆒
月光明㆓素盤㆒
令㆔人慚㆓漂母㆒
三謝不㆑能㆑餐

五松山《ごしようざん》の下《ふもと》の荀《じゆん》
媼《おう》が家《いえ》に宿《しゆく》す

我《われ》　五松《ごしよう》の下《ふもと》に宿《しゆく》して
寂寥《せきりよう》　歓《たの》しむ所無《ところな》し
田家《でんか》　秋作《しゆうさく》は　苦《くる》しく
隣女《りんじよ》　夜舂《やしよう》は　寒《さむ》し
跪《ひざまず》きて　彫胡《ちようこ》の飯《めし》を進《すす》むれば
月光《げつこう》　素盤《そばん》に明《あか》るし
人《ひと》をして　漂母《ひようぼ》に慚《は》じしめ
三《み》たび謝《しや》して　餐《さん》する能《あた》わず

○五言古詩。「歓《かん》、寒《かん》、盤《ばん》、餐《さん》」は、上平《じようひよう》　十四寒《かん》の韻。

五松山のふもとの農家に泊めてもらった、
わたしは　心わびしくふさいでいた。
農家の秋は　取り入れ仕事で大変だ、
隣では娘さんが　夜遅くまで臼《うす》をついている。
恭《うやうや》しく　まこもの飯をもてなしてくれた、
月の光が素焼きの皿を明るく照らす。
おばあさんの心配りの親切が　ただ身に染みて、
何度もお礼を述べながら　のどが詰まって食べられなかった。

❖❖❖❖

七六一（上元二）年、詩人が流罪《るざい》追放されたあと、途中で許されたものの、結局は不遇の中に流浪《るろう》していた晩年の作とされます。李白詩の中では、普通の農民との交わりを歌った数少ない作品の一つです。

▼五松山　今の安徽《あんき》省銅陵《どうりょう》県の南にある山。

◆人情に触れて

李白は、一般庶民や農民などの暮らしとは縁遠い階層に属していました。やむなく一夜の宿を借りたのですが、それまであまり見たこともない貧しい農家の暮らしぶりに触れて、驚き、耳を澄まし、胸を痛め、そして真心のこもったもてなしに感動したのでした。彫胡《ちょうこ》は、マコモ、水中に生えるガマに似た植物で、秋になると米に似た実がなります。それを、貧しい農民は主食にして食べていました。人の情けの厚薄がわかるのは、自分自身が不幸を経験してこそだ、といいます。人生の辛酸《しんさん》をなめたことのある李白の、素朴な感動がそのまま歌われた作といってよいでしょう。

◆其の他（編年不明）

贈レ内　　内《つま》に贈《おく》る

三百六十日　　三百六十日《さんびやくろくじゆうにち》
日日酔如レ泥　　日日《ひび》酔《よ》うて泥《でい》の如《ごと》し
雖レ為ニ李白婦一　　李《り》白《はく》の婦《よめ》為《た》りと雖《いえど》も
何異太常妻　　何《なん》ぞ異《こと》ならん　太常《たいじよう》の妻《つま》に

○五《ご》言絶句《ごんぜつく》。「泥《でい》、妻《さい》」は、上平《じようひよう》八斉《せい》の韻。

三百六十日、
毎日毎日酔っ払って泥のようだね　このわしは。

李白の女房《にょうぼう》だというものの、
これじゃあ　あの太常（宮廷内の廟守《びょうもり》役人）の女房どのと同じだな。

❖❖❖❖

▽**内に贈る詩**　『後漢書《ごかんじょ》』儒林伝《じゅりんでん》（儒学者たちの伝記）に見える話。宮廷の廟守だった周沢《しゅうたく》という男、いつも精進潔斎《しょうじんけっさい》に務め、役職にとても忠実でした。あるとき病気になって斎宮で臥《ふ》せっていたところ、心配した妻が見舞いにやってきました。それを聞くと、潔斎を汚したと怒って、妻を監獄にぶち込み謝罪させたというのです。当時の人々はあまりのやり方にあきれて、いったそうです。
「この世に生まれて一番割に合わないのは、太常の女房になることよ。一年三百六十日、その三百五十九日は精進潔斎で、潔斎明けの残り一日は酔うて泥のようになるのだから」
家族を歌うことにかけては、杜甫《とほ》に遠く及ばない李白でしたが、それでも「内」に贈る詩を、自作かどうかの疑いをもたれるものも含みつつ、五首ほど残しています。彼は、一

唐代の婦人

生の間、家に居つく時間の極端に少ない夫だったようで、妻との関係でいえば、まさに「太常とその妻」そのものでした。この詩は、直接のいたわりを避けながらも、妻に対する同情をたくまずにじませたもので、李白の自画像としてもよく知られています。ただ、彼のそれは、愛情というよりは、妻への憐憫《れんびん》であって、かまってやらない夫としての自分に対する自責の念は、はなはだ弱いように思えます。

それでも、李白と同時代の人で、妻に詩を贈った詩人ということになると、これは他に例を見つけにくく、唐代の詩人とその妻や家族のありかたを考える上でも、いろいろな話題を提供してくれるのです。

楊叛児　　　　楊叛児《ようはんじ》

君歌楊叛児　　君《きみ》は歌《うた》わん　楊叛児《ようはんじ》

妾勧新豊酒
何許最関レ人
烏啼白門柳
烏啼隠ニ楊花一
君酔留ニ妾家一
博山炉中沈香火
双煙一気凌ニ紫霞一

妾《わらわ》は勧《すす》めん　新豊《しんぽう》の酒《さけ》
何許《いずく》ぞ　最《もっと》も人《ひと》を関《とざ》すは
烏《からす》の啼《な》く　白門《はくもん》の柳《やなぎ》なり
烏《からす》は啼《な》いて　楊《やなぎ》の花《はな》に隠《かく》れ
君《きみ》は酔《よ》うて　妾《わらわ》が家《いえ》に留《とど》まらん
博山《はくざん》　炉中《ろちゅう》　沈香《じんこう》の火《ひ》
双煙《そうえん》一気《いっき》　紫霞《しか》を凌《しの》がん

○楽府《がふ》。「酒《しゅ》、柳《りゅう》」は、上声《じょうしょう》二十五有《ゆう》の韻。
「花《か》、家《か》、霞《か》」は、下平《かひょう》六麻《ま》の韻。

博山炉《はくざんろ》
（山がたの香炉）

あなたが楊叛児の歌を歌うなら、
わたしは新豊のお酒をつぎましょう。
それにいちばんぴったりの　秘密の場所はどこだというなら、
それはそれ　烏《からす》が鳴いている白門の　あの柳の木の根もと。
烏はだれにも見られずに　柳のワタに隠れます、
あなたは酔ったらわたしの家に　そのまま泊まってくださいな。
博山炉には　沈香焚《た》いて、
いっそ二人で一思い　仙宮の夢見て燃えましょう。

❖❖❖❖

▼楊花　楊花は柳絮《りゅうじょ》のこと。中国の楊《やなぎ》は春になると白い花のワタを飛ばします。飛んだワタが吹雪のように激しく降りそそぐと、その向こう側にいる黒い鳥までも見えなくなることをいうのでしょう。この柳絮が降る光景は、日本ではとても想像できないほど壮観です。

▼童謡を下敷きに　「楊叛児」は、もとは童謡の一つ。童謡といっても日本語のそれ

とはちがい、大人たちの風刺や予言を含む俗謡の場合が多いのです。南斉《なんせい》の四九四（隆昌元）年、楊《よう》という女巫《じょふ》（みこ）が息子の楊旻《ようびん》を連れて宮廷に出入りしているうちに、成長した息子が何太后《かたいこう》に寵愛《ちょうあい》されるようになりました。それを風刺して作られたのが、「楊婆（楊かみさん）のせがれ（児）は、お相手上手でお気に入り」というもので、その楊婆児がなまって楊叛児になったのだといいます。そうした古歌の一つの「楊叛曲」に、短い逢瀬《おうせ》のひとときを燃焼させようとする歌があります。それは「暫《しばら》く白門《はくもん》の前《まえ》に出《い》づ、楊柳《ようりゅう》烏《からす》を蔵《かく》すべし、歓《おまえ》は沈水《ちんすい》の香《こう》と作《な》れ、儂《われ》は博山《はくざん》の炉《ろ》と作《な》らん」というものでした。李白はそれを下敷きにしてこの詩を作ったのでしょう。

◆大胆な恋情の歌

この詩はもと歌が二十字であったのを、四十四字にしたてて、いっそうはげしく性愛を賛える歌にしています。古曲の「楊叛曲」も、もともと女性が男性を逢《あい》引《びき》に誘うもののようで、沈香《じんこう》を男に、香炉を女性自身にたとえ、燃える二人の仲は離れられないのだと歌っています。李白も同じように女性の側の積極的な誘いかけを歌っているので、あるいは遊郭のすがたを歌ったものなのかもしれません。

李白がこのような巷《ちまた》の恋愛ムードを描いたことは、儒教的な男女の礼をやかましく唱える人たちから快くは思われませんでした。特に、後の宋代になると、「李白の詩は、十のうち九までが酒と女を歌ったもので、識見汚下《しきけんおか》（下品で、知性的でない）」と批判されています。そうした批判は根強く続きますが、それにもかかわらず、より多くの人に愛される部分は、人間の本音や庶民的な生活感情を、多彩かつ抒情的に歌ったこの種の楽府詩なのです。この詩、希望とエネルギーに満ちていた李白の、まだ若いときの作品だろうと思われます。

静夜思

牀前看㆓月光㆒
疑是地上霜

静《しず》かなる夜《よる》の思《おも》い

牀前《しょうぜん》　月光《げっこう》を看《み》る
疑《うたご》うらくは　是《こ》れ　地上《ちじょう》の霜《しも》かと

挙レ頭望ニ山月一　　頭《こうべ》を挙《あ》げて　山月《さんげつ》を望《のぞ》み
低レ頭思ニ故郷一　　頭《こうべ》を低《た》れて　故郷《こきょう》を思《おも》う

○五言絶句。「光《こう》、霜《そう》、郷《きょう》」は、下平七陽《よう》の韻。

井戸端に　さす月明かり、
ふと驚いて眺めやる　霜がおりたかと見まがいて。
頭を挙げて　仰ぎ見る　はるか　み空の明るい月を、
頭を垂れて　思いやる　はるか　遠くのふるさとを。

❖❖❖❖

▽望郷と月　望郷の歌として、大変有名な作品で、数多くある中国の望郷詩のなかでも、この詩ほどよく知られているものは、他にないでしょう。秋の終わりは寂しさをそそるものですが、月の明るい夜、故郷を遠く離れていれば、一人で過ごす寂しさはいっそう募るもの、しかも秋の夜は長いのです。だれもが一度は経験したことのありそうな、わかりやすく、親しみやすい詩です。

この詩は、テキストによって文字に少し異同があります。第一句を「牀前明月光」とするものや、第三句を「挙頭望明月」とするものがそれで、その組み合わせは四種になります。①明月を二度使うもの、②明月と山月を使うもの、③看月光と望明月とするもの、④看月光と望山月とするもの、です。

かつて中国人教授が笛にのせてこの曲を歌われたのを聞いたことがありますが、それは①の例でした。それを聞いていて音声として都合がよいように思われたのは、たぶんメロディーにのせる場合の、中国語の発音とかかわっているからでしょう。

中国でいちばん流布しているのは、やはり①だそうですが、我が国では、日本人の好みに合っているのか、④が一般的です。それには、「どこにでも山が見られる日本の風景に置き換えやすいからだ」と日本研究者である中国人学者もいうように、一望千里の平野ばかりという大陸的環境で育った人には、「望山月」の光景は想像しにくいのかもしれません。ただ、李白が育ったところは山が多く連なる蜀の国でした。彼の脳裏にある原風景に浮かぶのは、やはり山月であったのではないでしょうか。

金陵城西楼月下吟

金陵夜寂涼風発
独上㆓高楼㆒望㆓呉越㆒
白雲映㆑水揺㆓空城㆒
白露垂㆑珠滴㆓秋月㆒
月下沈吟久不㆑帰
古来相接眼中稀
解道澄江浄如㆑練
令㆔人長憶㆓謝玄暉㆒

金陵《きんりょう》の城西楼《じょうせいろう》にて　月下《げっか》の吟《ぎん》

金陵《きんりょう》　夜《よ》　寂《せき》として涼風《りょうふう》　発《おこ》れば
独《ひと》り高楼《こうろう》に上《のぼ》りて　呉越《ごえつ》を望《のぞ》む
白雲《はくうん》　水《みず》に映《うつ》りて　空城《くうじょう》　揺《ゆ》れ
白露《はくろ》　珠《たま》を垂《た》れて　秋月《しゅうげつ》に滴《したた》る
月下《げっか》　沈吟《ちんぎん》して　久《ひさ》しく帰《かえ》らず
古来《こらい》　相接《あいせつ》するは　眼中《がんちゅう》　稀《まれ》なり
解《よ》く道《い》えり　澄《す》める江《かわ》は　浄《きよ》きこと練《ねりぎぬ》の如《ごと》しと
人《ひと》をして　長《つね》に謝玄暉《しゃげんき》を憶《おも》わしむ

○七言古詩《しちごんこし》。「発《はつ》、越《えつ》、月《げつ》」は、入声《にっしょう》六月《げつ》の韻。「帰《き》、稀《き》、暉《き》」は、上平《じょうひょう》五微《び》の韻。

古都金陵の夜はさびさびと静まって、すずかぜが立った、
夜風《よかぜ》に誘われて城西の高殿に上り　はるかに呉越の辺りを眺めやる。
白雲が川面に映り　その中で町並みもゆらゆら揺れ、
露の珠が水中の秋の月にしずくとなってしたたり落ちる。
月明かりを浴びて　低声《こごえ》で詩を吟《ぎん》じつつ　立ち去りがたくおもうこと、
共鳴しあえる人は今はまことに少ないものぞと。
〝澄《す》める江《かわ》は浄《きよ》きこと練《ねりぎぬ》の如《ごと》し〟と歌われた詩句の心が　今こそほんとうによくわかり、
いつまでもあの謝玄暉殿が慕わしく思われる。

❖❖❖❖

▼謝朓を追憶する　金陵つまり南京《ナンキン》は、中国四大古都（西安、洛陽、北京、南京）の一つで、栄枯盛衰の歴史をしのばせる遺跡や高殿がいくつもあり、歴史を追憶する材料には事欠かない町です。唐代にはすでに政治の中心ではなく、過去の栄華と繁栄をのみ

が追憶されることの多い古都でした。

　そんな古都の町を訪れたとき、詩人はしばしば高みに登って遠望するのでした。大きな景色を眺めるとき、胸中に去来したのは、優れた先人たちの業績とその先人たちの誠実を裏切ることの多い政治の歴史であったに違いありません。この詩で李白が追慕する謝玄暉、すなわち謝朓については、次を参照してください。


　この詩（謝朓「落日悵望」）は、その内容からみて、三十二、三歳のころ、宣城太守時代の作品と推定される。ときは晩秋のたそがれ、一日の公務に倦《う》んだ詩人は、わが周辺の晩景に眼を注ぎながら、自分の現在および未来の生きかたに、静かに思いを潜めている。詩中、「慕帰の客」とは、謝朓自身をさしており、網氏は、「謝朓は、しばしば、その詩で、故郷に帰りたいと言うのは、けだし、本貫《ほんかん》の陳郡陽夏《ちんぐんようか》（今の河南《かなん》省太康《たいこう》）ではなく、また会稽《かいけい》でもなく、実に、建康《けんこう》であったのであろう」と考証される（網祐次『中国中世文学研究』四九七ページ）。その帰りたいと願う土地がどこであったにせよ、それは謝朓が真に自己の生命の燃焼に充実感を覚えることのできる、理想の地であったことだけは確かである。

（「謝朓詩《しゃちょうし》の抒情《じょじょう》」興膳宏《こうぜんひろし》『東方学』第三十九輯　一九七〇年三月）

右の論文で指摘されるように、「いっそ官吏としての出世コースはあきらめて、のんきな自由人として暮らそうかという衝動《しょうどう》」につき動かされる謝朓の隠棲《いんせい》願望、〝帰《き》〟意識はきわめて強いものでした。そして、それはほかならぬ李白にも共通の強い願いであったのです。李白が本文の第二句で「呉越《ごえつ》を望む」というのには、かつて謝朓が太守《たいしゅ》を務めた宣城《せんじょう》の地が視野に入っていたでしょう（宣城は南京の真南に位置する小さな町で、文才を自負する謝朓は、この地の太守というポストには満足していなかったといいます）。真の理想の地への帰隠を歌った謝朓、それへの強い共感を、最後の二句で李白は自ら再確認したのでしょう。

謝朓は、特に華麗な対句に優れ、音声の整った清新な詩を作った人でした。近体詩の完成に力を注いだ杜甫《とほ》も、その詩を「謝朓《しゃちょう》は毎詩《まいし》諷誦《ふうしょう》に堪《た》えたり」とたたえています。声をあげて誦《そら》んずると、耳に心地よい音の美しさがあるというのです。字面《じづら》だけでなく音声としても美しいこと、そうした詩の成熟に、謝朓の果たした役割を認めた言葉といえます。城西楼で彼の詩を〝沈吟〟した李白は、その音声美にも共感したことでしょう。

山中問答

問レ余何意棲ニ碧山一
笑而不レ答心自閑
桃花流水窅然去
別有ミ天地非ニ人間一

山中問答《さんちゅうもんどう》

余《よ》に問《と》う　何《なん》の意《い》あってか碧山《へきざん》に棲《す》むと
笑《わら》って答《こた》えず　心《こころ》自《おのずか》ら閑《かん》なり
桃花《とうか》　流水《りゅうすい》　窅然《ようぜん》として去《さ》る
別《べつ》に天地《てんち》の人間《じんかん》に非《あら》ざる有《あ》り

○七言絶句《しちごんぜっく》。「山《さん》、閑《かん》、間《かん》」は、上平《じょうひょう》十五刪《さん》の韻。

わたしに尋ねる人がいる　どんなわけがあって　この碧山に棲《す》んでいるのかと、
黙って笑顔を返すだけで答えはしない　ここにいるだけで心は落ち着くのだ。
桃の花びらを浮かべて　水を深々とたたえた川は　遠くはるかに流れてゆく、
ここには　俗世間とはまったく別の天地があるのだから。

▽閑情逸致

閑情《かんじょう》（静かな心）と逸致《いっち》（優れた趣）を歌うこと、それは、本来的に詩のテーマです。けれども、それを詩人が歌うときの心情には、単純な〝閑情〟賛歌ではないものが背後に潜《ひそ》みます。相対するものとの比較においてこそ〝逸致〟はより強くたたえられるのです。相対するものとは、いうまでもなく〝騒がしい心〟であり〝つまらない世界〟です。

李白が、山にこもる暮らしを美化するのは、幼時からなじんだ道家的生活へのあこがれがあったからですが、それにもまして〝人間《じんかん》（政界や俗世間）〟からの退却と逼塞《ひっそく》を余儀なくされて、疲れた翼を休める隠れ家としたかったからでしょう。両者は分かちがたく結び付いていますが、重点の置き方には微妙な違いがあります。この詩は、単なる閑情逸致の謳歌《おうか》ではないことを、第四句が語っています。

❖❖❖❖

望㆓廬山瀑布㆒　二首

其一

西登㆓香炉峰㆒
南見㆓瀑布水㆒
掛㆑流三百丈
噴㆑壑数十里
欻如㆓飛電来㆒
隠若㆓白虹起㆒
初驚河漢落
半灑㆓雲天裏㆒

廬山《ろざん》の瀑布《ばくふ》を望《のぞ》む　二首

其《そ》の一

西《にし》のかた香炉峰《こうろほう》に登《のぼ》り
南《みなみ》のかた瀑布《ばくふ》の水《みず》を見《み》る
流《なが》れを掛《か》くること三百丈《さんびゃくじょう》
壑《たに》に噴《ふ》くこと数十里《すうじゅうり》
欻《くつ》として飛電《ひでん》の来《きた》るが如《ごと》く
隠《いん》として白虹《はくこう》の起《た》つるが若《ごと》し
初《はじ》めは驚《おどろ》く　河漢《かかん》の落《お》ちて
半《なか》ば雲天《うんてん》の裏《うち》より灑《そそ》ぐかと

○五言古詩《ごごんこし》。「水《すい》、里《り》、起《き》、裏《り》」は、上声《じょうしょう》四紙《し》の韻。

西のかた　香炉峰に登れば、
南のかたに瀑布の水が望まれる。
宙《ちゅう》に掛けたようにまっすぐ流れ落ちる滝は三百丈、
谷あいにしぶきを吹き上げること数十里。
たちまち稲光がさすように落下するかと思えば、
濛々《もうもう》たるしぶきに隠れつつ　白い虹《にじ》が立ち昇る。
初めは　あまの川が落ちて、
大空のかなたの雲の中からどっと流れてきたのかと思ったほどだ。

仰観勢転雄
壮哉造化功
海風吹不レ断
江月照還空

仰《あお》ぎ観《み》れば　勢《いきお》い転《うた》た雄《ゆう》なり
壮《そう》なる哉《かな》　造化《ぞうか》の功《こう》
海風《かいふう》　吹《ふ》けども　断《た》たず
江月《こうげつ》　照《て》らせば　還《ま》た空《くう》なり

○「雄《ゆう》、功《こう》、空《くう》」は、上平《じょうひょう》一東《とう》の韻。

仰ぎ眺めれば　そのなんとも雄大な景観に圧倒される、
まこと　だれにもまねのできぬ壮大さよ　造物主の業《わざ》は。
海からの風がどんなに吹きつけても　この瀑布を断ち切ることはできないのに、
大江の月が照らせば　すきとおってすべて視界から消えうせる。

空中乱漈射　　空中《くうちゅう》に乱《みだ》れて漈射《そうせき》し
左右洗二青壁一　　左《さ》右《ゆう》青壁《せいへき》を洗《あら》う
飛珠散二軽霞一　　飛《ひ》珠《しゅ》軽霞《けいか》を散《さん》じ
流沫沸二穹石一　　流沫《りゅうまつ》穹石《きゅうせき》に沸《たぎ》る

○「射《せき》、壁《へき》、石《せき》」は、入声《にっしょう》十一陌《はく》の韻。

空中から　どっとぶつかり落ちる水は、

右に左に　緑の苔《こけ》蒸す岩壁を洗う。
珠と砕けて飛び散る水は　軽やかな霞《かすみ》と化して一面に広がり、
はねとぶしぶきは大きい岩にたぎり立つ。

而我遊二名山一　　而《しこ》うして我《われ》は名山《めいざん》に遊《あそ》び
対レ之心益閑　　之《これ》に対《たい》して　心《こころ》　益《ます》ます　閑《かん》なり
無レ論漱二瓊液一　　論《ろん》ずる無《な》かれ　瓊液《けいえき》に漱《すす》ぎ
且得洗二塵顔一　　且《か》つは得《え》たり　塵顔《じんがん》を洗《あら》うを
且諧宿所レ好　　且《か》つは諧《かな》う　宿《かね》てより好《この》む所《ところ》の
永願レ辞二人間一　　永《ひさ》しく　人間《じんかん》を辞《じ》せんと　願《ねが》うに

○「山《さん》、閑《かん》、顔《がん》、間《かん》」は、上平十五删《さん》の韻。

しかも　わたしはこの名だたる廬山《ろざん》に遊び、
眺めているだけで　胸のうちの俗念が消える。

きれいな水で口を漱《すす》ぐのはもちろん、
浮世の塵《ちり》に汚れた顔を洗えるのだ。
それに　かねての我が思い、
俗なる世界と　永遠におさらばする思いがかなうのだから。

❖❖❖❖

▼造化の功に打たれて　第一首第九句から十二句までの四句は、自然の壮大な景観に出会ったときに、人がもらす感懐の言葉として有名であり、卓抜な表現として愛されてきました。ただ、海風と江月の二句がこの風景の中でどうつながるのかわかりにくいため、従来の日本語訳にはかなりの違いがあります。還は、「なお、また」なのか、「却《かえ》って」なのか、「返る」なのか。空は、「そら」なのか、「くう」なのか、「むなし」なのか、決めがたいのです。

都留春雄《つるはるお》氏は、白居易《はくきょい》の五言律詩「賦《ふ》して古原草《こげんそう》を得《え》たり　別《わか》れを送《おく》る」の有名な二句「野火《やか》　焼《や》けども尽《つ》きず、春風《しゅんぷう》　吹《ふ》けば又生《またしょう》ず」が、この「海風《かいふう》　吹《ふ》けども　断《た》たず、江月《こうげつ》　照《て》らせば　還《ま》た空《くう》なり」から想《そう》を得たものであり、同工異曲《どうこういきょく》の対応《たいおう》詩句とされた上で、次のように解しておられます。

「海風」――具体的には廬山の南東に広がる鄱陽湖《はようこ》から吹き渡って来る風が吹いて「不断」である対象は、瀑布であって、その風の力を以《もっ》てしても断てぬ瀑布が、澄明《ちょうめい》さの故に江月に照らされると、存在が空虚《くうきょ》であるが如く感ぜられるという、前記白居易詩の逆表現(実は白詩が李詩の逆表現)――一種の機智《きち》を伴う表現と理解されていたのではあるまいか。

(「廬山の瀑布を望む①②」『国語科通信』第五十一・五十二号　角川書店)

◆韻字の演出効用

さらに注意しておきたいのは、四句が李白の全体の中では際立つ韻字(雄 xiong, 功 gong, 空 kong ――上平一東の韻)で歌われていることです。その開放的な音声には、ここで一転して造化の功を朗々と歌い上げるという明るい強さが感じられます。朗読を聴くものの耳には、この四句が、瀑布のスケールの巨大さ、迫力の強烈さ、変幻の絶妙さをたくみに凝縮して歌うものと思われるでしょう。そうした演出効果を狙っている詩句だけに、詩人の意図するところの解釈をめぐって、多くの議論が交わされることにもなります。

彼の造化の功に対する感動の真率さから見ても、この作詩の時期は早いと思われます。「こんな自然の懐で、浮世をはなれた暮らしがしてみたい」という感想を述べたとしても、晩年のものと決める必要はないでしょうから。

また、月光と練り絹のような滝という表現は、後の白居易・新楽府「繚綾《りょうりょう》（精緻な絹織物）」にも、「応《まさ》に天台山上《てんだいさんじょう》明月《めいげつ》の前の、四十五尺の瀑布《ばくふ》の泉《いずみ》に似たり」とあるように、月光の中での滝は、透明な上質の絹織物に譬《たと》えられています。これも李白のこの詩に倣《なら》ったものでしょう。

其二

日照㆓香炉㆒生㆓紫煙㆒
遥看瀑布掛㆓前川㆒
飛流直下三千尺

其《そ》の二

日《ひ》は香炉《こうろ》を照《て》らして紫煙《しえん》を生《しょう》ず
遥《はる》かに看《み》る　瀑布《ばくふ》の前川《ぜんせん》に掛《か》かれるを
飛流《ひりゅう》直下《ちょくか》　三千尺《さんぜんじゃく》

疑 是 銀 河 落二九 天一　疑《うたご》うらくは是《こ》れ　銀河《ぎんが》の九天《きゅうてん》より落《お》つるかと

○七言絶句。「煙《えん》、川《せん》、天《てん》」は、下平《かひょう》一先《せん》の韻。

香炉峰に日がさし　紫色のもやが立ちのぼる、
遥かかなたに　大きな瀑布が　真下の川になだれ落ちるのがみえる。
飛ぶがごとく　流れはまっすぐ落下すること三千尺、
もしや天のかなたから天の川が落ちてきたのではと驚かされるほど。

❖ ❖ ❖ ❖

▼二つの視覚　遠望とは、第一首の五言古詩に、はじめ西の香炉峰に登った詩人が、山頂付近から南の方角に瀑布を眺めたというように、やや遠くの高みからのものでした。そして今度は、雄大な視野の中で、詩人は滝の全景を一幅の巨大な掛け軸と見立て、そしてさらに、〝仰ぎ観る〟位置の滝壺《たきつぼ》にまで視線を近づけます。そこで再び、自然の織り成す水しぶきのショーに心奪われた李白は、心静かに俗塵《ぞくじん》を洗うというのでした。こうしたすばらしい景観に出会ったときの、だれしもが抱く感動を巧みに表現した第一首を受けて、第二首は、いわば我が和歌における、〝長歌に対する反歌〟といった関係に

ある詩だといえます。
なお、第二句の「前川」を「長川」とするテキストがあります。そうすると、「遥かに看る　瀑布の長川を掛くるを」と読まれて、「前川に掛かれるを」とは、少し違ってくるでしょう。その点についても、前掲の『国語科通信』を参照してみてください。

月下独酌　四首

其一

花間一壺酒
独酌無二相親一
挙レ杯邀二明月一
対レ影成二三人一

月下《げっか》の独酌《どくしゃく》　四首（うち一首）

其《そ》の一

花間《かかん》一壺《いっこ》の酒《さけ》
独酌《どくしゃく》相親《あいした》しむ無《な》し
杯《さかずき》を挙《あ》げて明月《めいげつ》を邀《むか》え
影《かげ》に対《たい》して三人《さんにん》と成《な》る

月既不レ解レ飲
影徒随ニ我身一
暫伴ニ月将レ影
行楽須レ及レ春
我歌月徘徊
我舞影零乱
醒時同交歓
酔後各分散
永結無情游
相期邈雲漢

月《つき》　既《すで》に飲《の》むを解《かい》せず
影《かげ》　徒《いたず》らに我身《わがみ》に随《したが》う
暫《しばら》く　月《つき》と影《かげ》とを伴《ともな》いて
行楽《こうらく》　須《すべか》らく春《はる》に及《およ》ぶべし
我《われ》　歌《うた》えば　月《つき》　徘徊《はいかい》し
我《われ》　舞《ま》えば　影《かげ》　零乱《りようらん》す
醒《さ》むる時《とき》は　同《おな》じく交歓《こうかん》し
酔《よ》いて後《のち》は　各《おのおの》　分散《ぶんさん》す
永《とこ》しえに　結《むす》ばん　無情《むじよう》の游《ゆう》を
相期《あいき》さん　邈《はる》かなる　雲漢《うんかん》に

○五言古詩。「親《しん》、人《じん》、身《しん》、春《しゆん》」は、上平《じようひよう》十一真《しん》の韻。「乱《らん》、散《さん》、漢《かん》」は、去《きよ》声《しよう》十五翰《かん》の韻。

花咲く木々の茂みに坐《ざ》して　ひざに抱《かか》えし酒壺《さけつぼ》一つ、

心許せる友達の　一人とてもいぬままに　独り酌《く》みては飲む酒よ。
杯を高くかざして　明月を招けば、
月とわたしと我が影と　気楽な三人の酒盛《さかも》りとはなる。
月は　けれども　飲めはせぬゆえ、
我が影だけが　ひとり　わたしに付き合うばかり。
ままよ　しばし　月と影とを引き連れて、
春の行楽とようではないか。
わたしが歌えば　歌にあわせて月はさまよう、
わたしが舞えば　我が影もふらりふらりと　乱れてみたり　踊りだしたり。
まだ酔いがまわらぬうちは　月も影も　みんな楽しく仲良しで、
酔いが回れば　それぞれに　はい　さようならで　気がおけぬ。
世間並みの付き合いなんか　きっぱり捨てて　あの月と純粋無垢《むく》の永久の交わりを結ぶなら、
それこそデートの約束は　はるかかなたの天の川。

◆月を友として飲む酒の味は

唐代の二大詩人として、李白は「詩仙」、杜甫は「詩聖」と対比して呼ばれます。こうしたレッテルは、詩人の内実をときに一面化し、ときに固定化してしまいます。

確かに李白は「豪快な酒豪」と受け取られる詩をたくさん歌っています。けれども、そのポーズの背景にある「もの・こと」は当然ながら一つではありません。例えば「月下独酌四首」は、着想の自由さ、豊かな想像力、豪快な詩風の魅力で、古来多くの人に愛されてきた代表的な詩です。しかしこの詩は、「詩仙李白」の名にふさわしい「洒脱《しゃだつ》な詩」という評価だけでよいのでしょうか。

七四四年の春、宮廷の御用詩人として仕えていた彼が、一年ばかりで、宮廷から排除されたことと、この組詩の内容が関わっていると考えられるからです。「臨時雇いの御用文人」「無礼で無作法な田舎文人」という評価が、宮廷貴族のなかに流れ、李白は〝うぬぼれやで都会的洗練とは縁のない新参者〟とみなされたのです。

そして「李白は廊廟《ろうびょう》（宮廷務め）の器ではないようだ」という玄宗皇帝の鶴の一声で、ていよく解任され、都を去らねばならなくなったのです。その表向きの理由は「酒癖（使酒）が悪い」でした。これに対し、彼は飲酒効果の積極的な意義を歌わずにはいられなかったのです。春夜月下に独り、酒徳賛歌を彼の流儀で四首の組詩に歌いあげ、都への決別を決めたのでした。

古風　其一

大雅久不レ作
吾衰竟誰陳
王風委二蔓草一
戦国多二荊榛一
竜虎相啖食
兵戈逮二狂秦一
正声何微茫
哀怨起二騒人一
揚馬激二頽波一
開レ流蕩無レ垠

古風《こふう》　其《そ》の一

大雅《たいが》は　久《ひさ》しく　作《おこ》らず
吾《われ》衰《おとろ》えなば　竟《つい》に誰《たれ》か　陳《の》べん
王風《おうふう》は　蔓草《まんそう》に委《す》てられ
戦国《せんごく》には　荊榛《けいしん》　多《おお》し
竜虎《りゅうこ》　相《あい》　啖食《たんしょく》し
兵戈《へいか》　狂秦《きょうしん》に逮《およ》ぶ
正声《せいせい》の　何《なん》ぞ　微茫《びぼう》たる
哀怨《あいえん》の　騒人《そうじん》　起《た》てり
揚馬《ようば》は頽《くず》るる波《なみ》を　激《げき》するも
流《なが》れを開《ひら》き　蕩《くず》ること　垠《かぎ》り無《な》し

廃興雖二万変一
憲章亦已淪

廃興《はいこう》は　万変《ばんぺん》すと雖《いえど》も
憲章《けんしょう》も　亦《ま》た　已《すで》に淪《ほろ》ぶ

○五言古詩。「陳《ちん》、榛《しん》、秦《しん》、人《じん》、垠《ぎん》、淪《りん》」は、上平《じょうひょう》十一真《しん》の韻。

まことの文学（大雅）は　もう久しく廃《すた》れていて、
わたしが年をとったら　いったいだれが　みかどに申し上げるというのか。
周王朝の終わりには「王風」の詩は　草むらに打ち捨てられたままになったし、
戦国の世には　雑木ばかりになってしまった。
竜と虎とが　互いに争い　むさぼり合い、
戦いは秦《しん》の時代にまで及んだ。
正統な詩の歌声は　なんと弱々しくかすかになってしまったことか、
そこに　哀《かな》しみ怨《うら》みの歌声で知られる騒人（屈原《くつげん》）の文学が起こったのだ。
漢の揚雄《ようゆう》や司《し》馬《ば》相如《そうじょ》が、落ち目になった流れをなんとか引き戻そうとしたが、
もはや流れはとどめもあえず　崩れてゆくのは　抑えようもなかった。

廃《すた》れるのと興《おこ》るのと　変化は限りがないとはいえ、
文学のまともな作り方さえ　とっくに滅びてしまったのだ。

自㆓従建安㆒来　建安《けんあん》より　来《こ》のかたは
綺麗不㆑足㆑珍　綺麗《きれい》なれども　珍《ちん》とするに足《た》らず
聖代復㆓元古㆒　聖代《せいだい》は　元古《げんこ》に復《ふく》し
垂㆑衣貴㆓清真㆒　衣《ころも》を垂《た》れて　清真《せいしん》を貴《とうと》ぶ
群才属㆓休明㆒　群才《ぐんさい》　休明《きゅうめい》に属《あ》いて
乗㆑運共躍㆑鱗　運《うん》に乗《じょう》じて　共《とも》に　鱗《うろこ》を躍《おど》らす
文質相炳煥　文質《ぶんしつ》　相《たが》いに　炳煥《へいかん》
衆星羅㆓秋旻㆒　衆星《しゅうせい》　秋旻《しゅうびん》に羅《つら》なる
我志在㆓刪述㆒　我《わ》が　志《こころざし》は　刪述《さんじゅつ》に在《あ》り
垂㆑輝映㆓千春㆒　輝《ひかり》を垂《た》れて　千春《せんしゅん》を映《てら》さん

希レ聖如有レ立　聖《せい》を希《のぞ》みて　如《も》し立《た》つこと有《あ》らば
絶ニ筆於獲麟一　筆《ふで》を　獲麟《かくりん》に絶《た》たん

○五言古詩。「珍《ちん》、真《しん》、鱗《りん》、旻《びん》、春《しゅん》、麟《りん》」は、上平十一真の韻。

曹操《そうそう》、曹植《そうしょく》らが活躍した建安のとき以来、
外側ばかりはきれいだが　少しも立派なものはなかった。
いまや昔のとおりの　優れた御代《みよ》がよみがえり、
天子の徳で立派な政治が行われ　自然さをこそ　貴ぶようになった。
才能あふれる文人たちは　まっすぐなよき御代に巡り合い、
水を得た魚のように　うろこを躍《おど》らせて大活躍だ。
その作品は　形式も内容もともに釣り合いがとれて輝き渡り、
きら星のごとく　澄み渡る秋の空に連なっている。
わたしの願いは、詩文の編纂《へんさん》事業に力を尽くし、
千年の後までも輝くような詩集の手本を残すこと。

孔子のように　もしも　りっぱに成果を残すことができるなら、
「筆を獲麟《かくりん》に絶つ」と　しよう。

❖ ❖ ❖ ❖

▼古風　其一――雄弁術と政治的主張　知識人が、自分の立場とその主張を展開するには、広範な知識を大々的に活用して論ずる雄弁術が必要でした。それは、中国の政治的な伝統である「遊説《ゆうぜい》」を受け継いだもので、当時の知識人にはごく当たり前のこととされたのです。

その雄弁には、古典に通じた博識が必要でした。古代の文学である『詩経《しきょう》』はもとより、過去の詩文に対する深い造詣《ぞうけい》がなければならないのです。李白はありったけの知識を動員して、世の中の不合理を指摘し、自己の身の振り方を主張し続けました。「古風五十九首」としてまとめられている一群の詩の第一首は、そうした彼の文学史観と文学観を述べたものです。いつごろの作品かはよくわかりませんが、五十歳直前のものではないかとする（安旗『李白年譜』説）のは、「知命《ちめい》（天命を知る）」の年齢に近くなって、もはや「立功《りっこう》（手柄を立てる）」に望みを持てないとしたら、「立言《りつげん》（著述で発言する）」にこそ、自身の任務があると考えたからと思われます。

◆李白の文学観

文学の任務に関して、中国の伝統的な考え方は、極めてはっきりしています。『詩経《しきょう》』に始まる詩の正統文学は、民の生の声を為政者に直接伝えるものとして、重要な存在意義を担っているとされてきました。そうである以上、詩人たちの任務はいっそう重大でした。

『詩経』の時代には、まだ専門的な詩人は存在しませんでしたが、役人は庶民の生活を反映した諸国の歌謡を集め、支配者に奉ったのです。支配者は歌謡の内容（歌詞とメロディーの両方）から、おのれの政治のよしあしを判断したとされます。漢代に作られた楽府《がふ》は、本来、公的機関として、そうした任務を受けもつ役所でした。役所の名前が後には集められた歌謡そのものをさすようになったのです。

李白は、詩が本来もつべき任務とは、為政者に民の声をまっすぐに伝えることであり、いまや民に代わって詩人が歌う以上は、詩人はその任務に忠実でなければならないと考えていました。この見方に立てば、唐詩以前の文学史を振り返るとき、李白の総括は大まかに言ってその通りでした。彼は盛唐のよき時代にめぐり合えた今こそ、詩と詩人は文学本来の任務に復帰すべきであり、それでいっそう完全な時代を招来しなければならない、と考えたのです。

そして彼は、文運隆盛の時代にめぐり合えた今こそ、孔子のように民の声を伝える詩集の決定版を編集したい、それが詩人である自分の任務だと考えていたようです。それは、彼が意識的に作ったと思える楽府題作品の多さとたぶん関わっているでしょう。

「文学は、純粋に個人的な営みにすぎず、政治的な任務などとはおよそ無関係だ」という考え方は、中国の文学史でみるかぎり少数派に属します。こういう文学観を基本的なものとして理解しておかないと、中国の文学はわからないともいえます。

古風　其四十九

美人出㆓南国㆒
灼灼芙蓉姿
皓歯終不㆑発
芳心空自持
由来紫宮女
共妬㆓青蛾眉㆒
帰去瀟湘沚
沈吟何足㆑悲

古風《こふう》　其《そ》の四十九

美人《びじん》は南国《なんごく》より出《い》づ
灼灼《しゃくしゃく》たり芙蓉《ふよう》の姿《すがた》
皓歯《こうし》　終《つい》に発《ひら》かず
芳心《ほうしん》　空《むな》しく　自《みずか》ら持《じ》す
由来《ゆらい》　紫宮《しきゅう》の女《おんな》は
共《とも》に　青蛾《せいが》の眉《まゆ》を妬《ねた》む
帰《かえ》り去《ゆ》かん瀟湘《しょうしょう》の沚《みぎわ》に
沈吟《ちんぎん》　何《なん》ぞ　悲《かな》しむに足《た》らん

○五言古詩。「姿《し》、持《じ》、眉《び》、悲《ひ》」は、上平《じょうひょう》四支《し》の韻。

美人は　南国生まれ、
きわだつ姿は　はちすの花のあでやかさ。
けれども　その白い歯を見せて　歌うことはついになく、
いとしい君を慕う心も　むなしくそっと秘めたまま。
そもそも　みかどのおそばに仕える女たちは、
誰もがみんな　見目麗《うるわ》しい娘をねたむ。
瀟湘の美しい中洲《なかす》に帰ろう、
沈み込み悲しむほどのことがあろうか。

❖❖❖❖

▽美人―比喩《ひゆ》の手法　紀元前の戦国時代、『楚辞《そじ》』の代表的詩人・屈原《くつげん》は、「離騒《りそう》」の中でしばしば「美人」を歌いました。それは苦悩する詩人が待ち焦がれる英明な「君《きみ》」を指し、主人公が真心込めて呼びかけ、わかってくれるのを待っているのに、美人はちっとも来てくれない、というふうに歌われる美人（君）でした。そういう美人もあれば、三国時代、魏《ぎ》の曹植《そうしょく》の「雑詩」が歌うように、桃李《とうり》のように若く美しい女性で、しかも

すてきな歌を歌える才能があるのに、いっこうに認められないのを悲しむ形象として作られたものもあります。表面的に見れば、美貌《びぼう》の女性が花の盛りを、あたらむなしく過ごしてしまうというだけの詩ですが、曹植の境遇と重ねて読むと、美人は不遇を訴えて苦悩する詩人自身なのです。李白がそれを典故としていることは、中国では当然のこととする了解が成立していました。

こうした典故の使い方如何《いかん》もまた、詩の価値を左右します。引用の適切さ、それとともに新しい価値の発見がなければ何もおもしろくありませんから、詩人の腕がいっそう問われることになります。曹植の詩と比べてみると、李白の詩が描いた「美人像」は、より哀切さを増しているといえるでしょう。片思いを秘めた美人の悲しみですから。

李白略年譜

七〇一年（武則天、長安元年）◈一歳
李白生まれる。字《あざな》は太白《たいはく》。生地について、確定的な説はまだない。但し、その故郷を剣南道綿州（四川省剣閣より南部地域の巴西郡）昌隆《しょうりゅう》（玄宗の諱《いみな》を避けて、後に昌明と改められた）県とするのは、ほぼ定説となっている。家系、家族についても、不明。

七〇五年（中宗、神竜元年）◈五歳
勉強を始める。《安州の裴長史《はいちょうし》に上《たてま》つる書》

七一〇年（睿宗、景雲元年）◈十歳
このころより基本的な学問として『詩経』（文学）、『書経』（政治学）や、諸子百家（それぞれの立場から王家を富強にする方策を論じた書物）を学び始める。

七一五年（開元三年）◈十五歳
すでにかなりの詩賦を作り始める。また剣術を愛し、任俠《にんきょう》を好み、神仙の世界にあこがれ始める。

七一八年（開元六年）◎十八歳
戴天の匡山《きょうざん》（四川省江油県）にこもって勉強し始める。
七二〇年（開元八年）◎二十歳
成都や、峨眉山《がびさん》に遊ぶ。蘇頲《そてい》（成都の大都督府長史）に面会し、才能を激賞され、励まされる。
七二五年（開元十三年）◎二十五歳
春三月、三峡を下り、荊門《けいもん》を経て湖北省の江陵に至る。有名な道士の司馬承禎《しばしょうてい》に会う。夏は湖南省の洞庭《どうてい》、秋は金陵《きんりょう》（今の南京）に遊ぶ。
七二六年（開元十四年）◎二十六歳
春、江蘇《こうそ》省の揚州《ようしゅう》に行く。秋、病臥。冬、揚州を離れて河南省の汝州《じょしゅう》に遊び、湖北省の安陸に至る。
七二七年（開元十五年）◎二十七歳
安陸の寿山《じゅざん》にいる。故宰相・許圉師《きょぎょし》の孫娘と結婚、安陸に落ち着く。
七三〇年（開元十八年）◎三十歳
これまで何度か裴《はい》長史に謁見。しかし、人に讒言誹謗《ざんげんひぼう》され、近づきを拒絶される。初夏、長安に行き、宰相の張説《ちょうえつ》に謁《まみえ》て、その息子の張垍《ちょうき》を識る。政界につてを求めるが、成果なし。

七三四年（開元二十二年）◎三十四歳

春、襄陽《じょうよう》（湖北省の襄樊市《じょうはん》）に遊び、後進を引き立てることで人望のあった荊州の長史の韓朝宗《かんちょうそう》や県尉李皓《りこう》に面会、援助を求めるが、うまくいかない。暮春、江夏《こうか》（今の武漢市）に行き、秋まで漫遊・滞在、冬ごろ安陸の自宅に帰る。

七三五年（開元二十三年）◎三十五歳

五月ころ友人に誘われて太原《たいげん》（山西省）に遊ぶ。秋、なお太原に滞在。

七三九年（開元二十七年）◎三十九歳

春から初夏にかけて、安宜《あんぎ》（江蘇省宝応県）にいる。夏、呉の地一帯を漫遊。秋、長江をさかのぼり、当塗《とうと》を経て、巴陵《はりょう》（湖南省岳陽県）に至る。偶然、王昌齢《おうしょうれい》が嶺南《れいなん》（広東、広西地方）に流されるのに出会う。冬、安陸の自宅に帰る。

七四〇年（開元二十八年）◎四十歳

妻の許氏が死去したためか、五月、東魯《とうろ》（山東省）に移住、任城《にんじょう》に寓居。夏秋、兗《えん》州《しゅう》の各地に遊ぶ。知人に引き立てを求めるが、やはり思うようにいかない。

七四二年（玄宗、天宝元年）◎四十二歳
四月、泰山《たいざん》に遊ぶ。夏、子どもたちを南陵に預け、ひとり越《えつ》に行く。人材推挙を求めた玄宗のお召しを受けて南陵にひきかえし、秋、長安に赴く。太子賓客の賀知章《がちしょう》に会い、「謫仙人《たくせんにん》（俗世間を超越していると褒めた言い方）」と称せられ、さらに朝廷への推薦を得る。玄宗の厚遇を得て翰林院供奉《かんりんいんぐぶ》（一芸によって宮中で天子にはべる役）を命じられる。十月、玄宗の驪山《りざん》温泉宮行きに随行を命じられる。

七四三年（天宝二年）◎四十三歳
翰林院供奉（正式の官には任じられないで天子の下問にそなえる）のまま、初春、玄宗の宮中行楽に陪して《宮中行楽詞》を作り、覚えめでたく、宮錦袍《きゅうきんぽう》（宮廷錦の上着）を賜る。暮春、興慶池《こうけいち》で牡丹を愛《め》でる玄宗と楊玉環《ようぎょくかん》（楊貴妃）のために《清平調》詞三首を献上。だがご用文人の生活に嫌気がさして酒びたりの暮らしを始め、賀知章らと常に「酒中八仙の游」をたのしむ。玄宗に呼び出されて、酔ったまま自分の履いている靴を高力士《こうりきし》（玄宗直属の宦官《かんがん》）に脱がせたというのもこのころ、かくて、宮中人らに憎まれ玄宗からも疎んじられる。

七四四年（天宝三載）◎四十四歳

（唐朝はこの年から年を載に改める）

春正月、長安住まいを辞して故郷に帰る賀知章を見送る。三月、宮中に出入りできないことを悟り、山に還りたいと申し出、金を賜って長安を去る。初夏、杜甫と初めて洛陽《らくよう》で出会う。河南省の開封《かいふう》に行き北海高天師《ほっかいこうてんし》（道教の師）に頼んで、方外（世捨て人）になろうと決心する。

七四五年（天宝四載）◈四十五歳

春、杜甫、東魯《とうろ》から来訪、ともに山東の任城《にんじょう》一帯で遊ぶ。秋冬、山東省の金郷《きんごう》・単父《ぜんぽ》に遊ぶ。

七四九年（天宝八載）◈四十九歳

金陵で子どもたちのことを思い、「功を立てる」望みをあきらめ、「言を立てる」ことを自分の任務だと考え始める。

七五〇年（天宝九載）◈五十歳

このころすでに宗氏《そうし》と再婚か。

七五二年（天宝十一載）◈五十二歳

十月、范陽郡《はんようぐん》（幽州、今の北京）に着く。初めて安禄山《あんろくざん》の跋扈《ばっこ》ぶりと、辺地戦争の実態を知り、危険を感じてすぐに范陽を立ち去る。

七五四年（天宝十三載）◎五十四歳
春、金陵に遊び、五月、揚州に行く。王屋山人《おうおくさんじん》・魏万《ぎばん》と会い、自分の詩集編纂《へんさん》を委嘱《いしょく》する。

七五六年（粛宗《しゅくそう》、至徳元載）◎五十六歳
年の初めに妻の宗氏とともに、前年暮れに始まった安禄山の乱を避けて当塗《とうと》に逃れる。秋、廬山《ろざん》に入り、屏風畳《びょうぶじょう》に隠れ住む。歳末、永王璘《えいおうりん》に招かれ入幕を決意。

七五七年（至徳二載）◎五十七歳
正月、永王の軍営に入り、《永王東巡歌《えいおうとうじゅんか》》を作詩、その出陣をたたえる。永王の軍が敗れると、南に逃げるが、すぐに捕らえられ、尋陽の獄につながれる。御史中丞《ぎょしちゅうじょう》宋若思《じゃくし》らの尽力で釈放され、宋若思の参謀として仕える。しかし最終的に、夜郎《やろう》への追放刑が決定。

七五八年（粛宗、乾元元年）◎五十八歳
尋陽より出発、夜郎（貴州省西部）へ。秋、江陵へ至り、冬、三峡に入る。

七五九年（乾元二年）◎五十九歳

三月、白帝城《はくてい》（四川省奉節県の東）で恩赦にあう。ただちに湖北省の江陵に引き返す。初夏、江夏（湖北省武漢）に至り、冬まで逗留《とうりゆう》。再び世に立ちたいと考え、推薦のつてを求めるが失敗。洞庭、零陵《れいりよう》（ともに湖南省）に遊ぶ。

七六一年（粛宗、上元二年）◎六十一歳

江南の金陵一帯を流浪、人の世話になりながら暮らす。冬の初め、当塗の県令（県知事）李陽冰《りようひよう》宅に寄宿。歴陽《れきよう》に遊ぶが、病気のために当塗に帰り病臥《びようが》。

七六二年（代宗、宝応元年）◎六十二歳

三月最後の旅行で宣城に行く。秋、当塗に帰る。病気が重くなる。臨終に際して平生の著作を李陽冰に託し、十一月、当塗で死去。

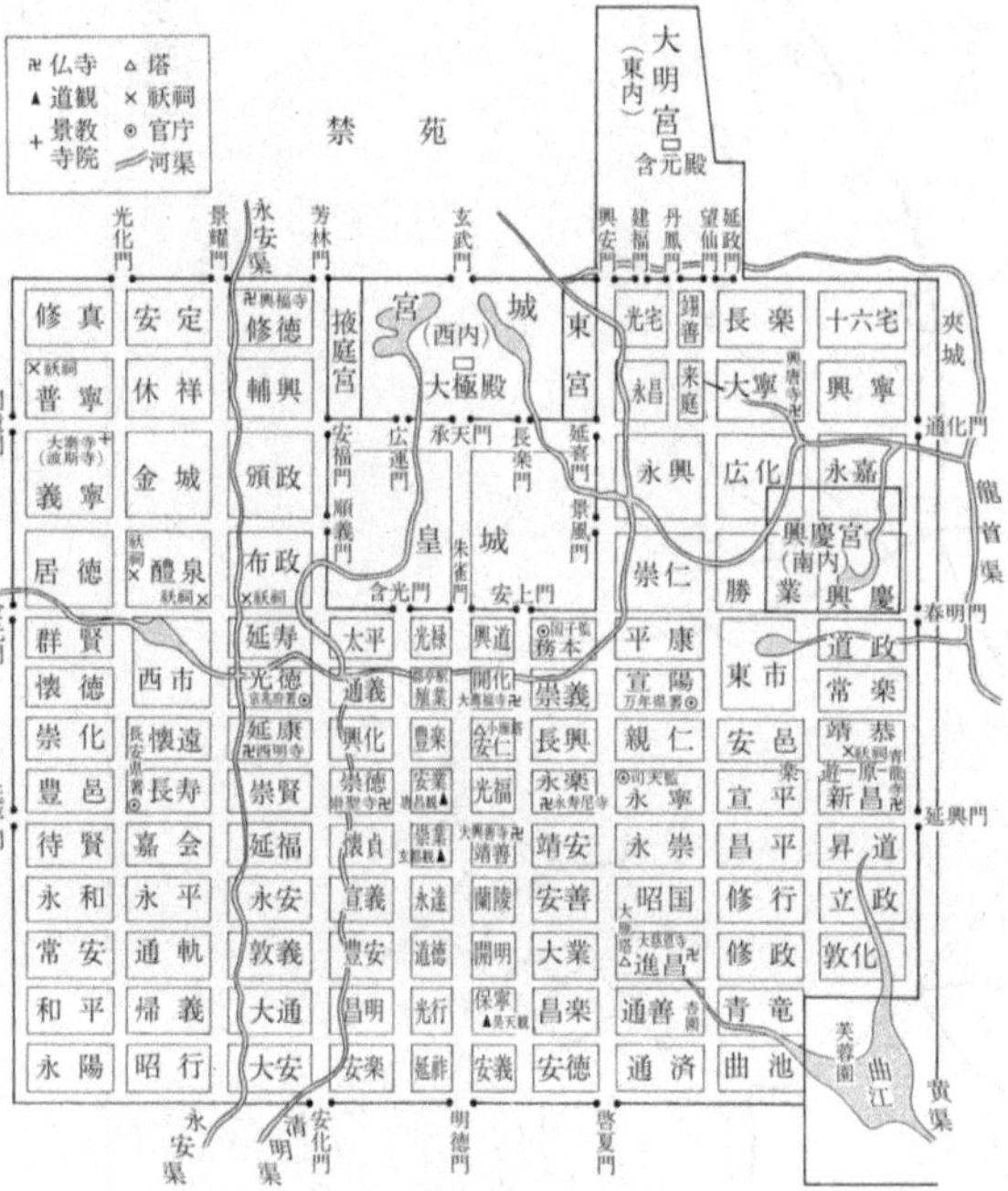

仏寺
塔
道観
祆祠
景教寺院
官庁
河渠
禁苑
大明宮
（東内）
含元殿
光化門
景耀門
永安渠
芳林門
玄武門
興安門
建福門
丹鳳門
望仙門
延政門
修真
安定
興福寺
修徳
掖庭宮
宮城
（西内）
大極殿
東宮
光宅
翊善
長楽
十六宅
夾城
開遠門
祆祠
普寧
休祥
輔興
永昌
来庭
大寧
興唐寺
興寧
通化門
大秦寺
（波斯寺）
義寧
金城
頒政
安福門
広運門
承天門
長楽門
延喜門
永興
広化
永嘉
龍首渠
居徳
祆祠
醴泉
祆祠
布政
祆祠
順義門
皇城
朱雀門
景風門
崇仁
興慶宮
（南内）
勝業
興慶
含光門
安上門
金光門
群賢
西市
延寿
太平
光禄
興道
国子監
務本
平康
東市
道政
春明門
懐徳
光徳
京兆府署
通義
殖業
開化
大薦福寺
崇義
宣陽
万年県署
常楽
崇化
長安県署
懐遠
延康
西明寺
興化
豊楽
小雁塔
安仁
長興
親仁
安邑
靖恭
祆祠
延平門
豊邑
長寿
崇賢
崇徳
崇聖寺
安業
唐昌観
光福
永楽
永寿尼寺
司天監
永寧
楽
宣平
遊
原
青龍寺
新昌
延興門
待賢
嘉会
延福
懐貞
崇業
玄都観
大興善寺
靖善
靖安
永崇
昌平
昇道
永和
永平
永安
宣義
永達
蘭陵
安善
昭国
修行
立政
常安
通軌
敦義
豊安
道徳
開明
大業
大雁塔
大慈恩寺
進昌
修政
敦化
和平
帰義
大通
昌明
光行
保寧
昊天観
昌楽
通善
杏園
青竜
芙蓉園
曲江
永陽
昭行
大安
安楽
延祚
安義
安徳
通済
曲池
黄渠
永安渠
清明渠
安化門
明徳門
啓夏門

長安城図

李白の足跡図
河
北
北京(幽州)
京
北
大同
雁門関
代
山
省
太原
太
行
山
脈
西
省
饒陽
洺州
魏州
邯鄲
臨清
呉橋
黄河
済南
山東省
泰山
汶水
兗州
済寧
蘭陵
下邳
蓬莱
洛陽
嵩山
開封
虞城
汝州
葉
河南省
南陽
江
蘇
省
江都
鎮江
揚州
揚子江
安
徽
省
廬州
金陵
江寧
和
廬江
当塗
皖山
銅陵
南陵
丹陽
太湖
蘇州
上海
溧陽
湖州
宣城
杭州
紹興
上虞
桐廬
会稽山
嵊
新昌
天台山
淮河
随州
安陵
雲夢
北
省
漢陽
武昌
江陵
貴池
九江
廬山
鄱陽湖
南昌
岳陽
洞庭湖
省
浙江省
江西省
福建省

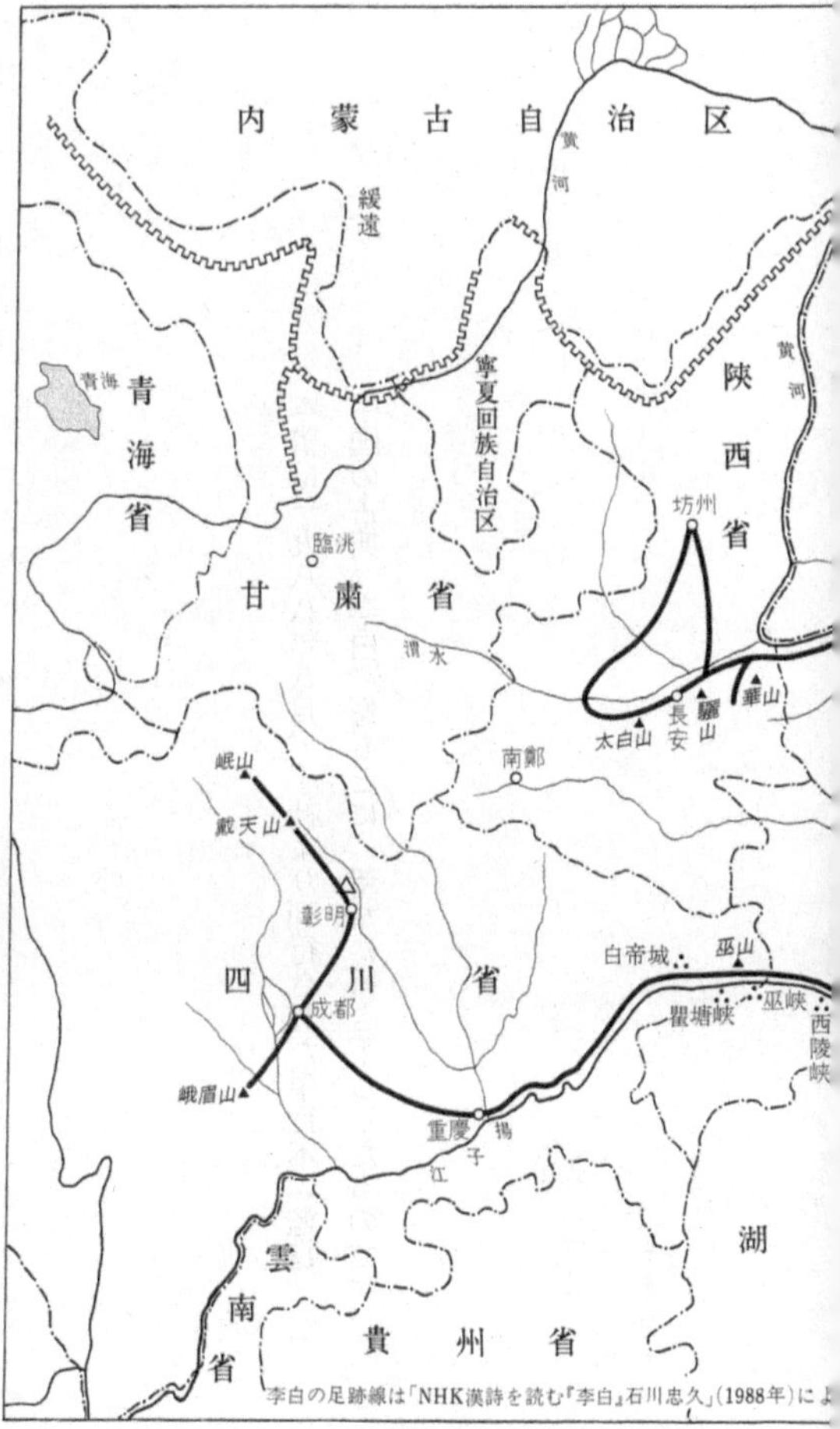

李白の足跡線は「NHK漢詩を読む『李白』石川忠久」(1988年)によ

△彰明（李白の故郷。幼児期〜二十歳くらいまで）

本書は一九八八年八月、小社より刊行された単行本『鑑賞中国の古典　李白』をもとに、新たに書き下ろしたものです。

ビギナーズ・クラシックス 中国《ちゅうごく》の古典《こてん》

李白《りはく》

筧《かけひ》 久美子《くみこ》

平成16年 10月25日 初版発行
令和7年 9月25日 50版発行

発行者●山下直久

発行●株式会社KADOKAWA
〒102-8177 東京都千代田区富士見2-13-3
電話 0570-002-301(ナビダイヤル)

角川文庫 13542

印刷所●株式会社KADOKAWA
製本所●株式会社KADOKAWA

表紙画●和田三造

●お問い合わせ
https://www.kadokawa.co.jp/（「お問い合わせ」へお進みください）
※内容によっては、お答えできない場合があります。
※サポートは日本国内のみとさせていただきます。
※Japanese text only

ISBN978-4-04-367502-9 C0198

◆◇◇

角川文庫発刊に際して

角川源義

第二次世界大戦の敗北は、軍事力の敗北であった以上に、私たちの若い文化力の敗退であった。私たちの文化が戦争に対して如何に無力であり、単なるあだ花に過ぎなかったかを、私たちは身を以て体験し痛感した。西洋近代文化の摂取にとって、明治以後八十年の歳月は決して短かすぎたとは言えない。にもかかわらず、近代文化の伝統を確立し、自由な批判と柔軟な良識に富む文化層として自らを形成することに私たちは失敗して来た。そしてこれは、各層への文化の普及滲透を任務とする出版人の責任でもあった。

一九四五年以来、私たちは再び振出しに戻り、第一歩から踏み出すことを余儀なくされた。これは大きな不幸ではあるが、反面、これまでの混沌・未熟・歪曲の中にあった我が国の文化に秩序と確たる基礎を齎らすためには絶好の機会でもある。角川書店は、このような祖国の文化的危機にあたり、微力をも顧みず再建の礎石たるべき抱負と決意とをもって出発したが、ここに創立以来の念願を果すべく角川文庫を発刊する。これまで刊行されたあらゆる全集叢書文庫類の長所と短所とを検討し、古今東西の不朽の典籍を、良心的編集のもとに、廉価に、そして書架にふさわしい美本として、多くのひとびとに提供しようとする。しかし私たちは徒らに百科全書的な知識のジレッタントを作ることを目的とせず、あくまで祖国の文化に秩序と再建への道を示し、この文庫を角川書店の栄ある事業として、今後永久に継続発展せしめ、学芸と教養との殿堂として大成せんことを期したい。多くの読書子の愛情ある忠言と支持とによって、この希望と抱負とを完遂せしめられんことを願う。

一九四九年五月三日